AF215033

Ich war da, ich musste gehen. Ich machte keine Spuren. Aber der Wind hörte mein Lied.

(Indianische Weisheit)

Christoph-Maria Liegener

Violas Porträt

Ein Roman

Herstellung und Verlag:
BoD – Books on Demand, Norderstedt
Cover-Bild: Shutterstock

ISBN:
9783748108771

Inhalt

Viola und Georg.............................7

Elisabeth und Raphael 35

Hanna und Lars 48

Regina und Martin......................59

Susanne und Ludwig...................69

Désirée und Ansgar 77

Marie und Theo 86

Beate und Jens.............................95

Ines und Eugen 105

Elfriede und Roland 112

Irene und Lothar.......................118

Valerie und Adrian 126

Birgit und Harald 133

Bernadette und Albert...............141

Naomi und Eduard....................149

Evelyn und Rudi........................155

Julia und Thorsten 161

Lea und Kai 168

Emma und Noah...174

Sophia und Luca...184

Agnes und Michael.......................................190

Helen und Bernhard 200

Franziska und Sebastian............................211

Amalia und Leonhard 217

Viola und Georg

Viola verzauberte alle. Ihr großen Augen sahen neugierig in die Welt, ihr ausdrucksstarker Mund lächelte dazu. Ein liebevoller Charakter entfaltete sich mit dem Lächeln auf ihren noch jugendlichen Gesicht. Weibliche Reize zeigten sich dezent und doch anmutig. Die Natur hatte sie mit Gesichtszügen beschenkt, die Tiefe genauso wie Freude widerspiegelten. Gerne lachte sie laut heraus, wenn sie etwas lustig fand. Und sie fand vieles lustig, nahm alles mit Humor. Sie besaß ein fröhliches Temperament, eine Frohnatur, gepaart mit Intelligenz. Wenn sie einen Raum betrat, war es, als ob die Sonne aufginge.

Kurz gesagt: Sie war wirklich richtig nett.

Eigentlich könnte man es für ungerecht halten, dass eine Frau sowohl gut aussah als auch einen großartigen Charakter hatte.

Viele haben nur eins von beidem – oder keines. Viola hatte alles.

Man konnte es andererseits verstehen. Wenn ein Mensch so fantastisch aussieht wie Viola, sind alle freundlich zu dieser Person. Wenn aber alle freundlich zu einer Person sind, ist es leicht für diese Person, freundlich zu allen anderen zu sein. Und das wiederum macht die Person noch attraktiver. Ein lächelndes Gesicht ist einfach sympathischer als ein mürrisches. Ein sympathisches Gesicht prägt die gesamte Ausstrahlung, macht die ganze Person sympathisch, was wiederum zu sympathischen Reaktionen der Mitmenschen führt. Ein positiver Rückkopplungsmechanismus, der einen attraktiven Menschen hervorbringt, eine Person, die mit sich und ihrer Umwelt im Reinen ist. So ein Mensch war Viola.

Jeder wollte mit Viola befreundet sein, jeder suchte ihre Nähe. Sie war überall beliebt.

Georg war einer ihrer heimlichen Verehrer. Wie viele andere auch war er verliebt in Viola. Er wusste: Wenn er sie gewinnen wollte, musste er etwas Besonderes tun. Und das konnte er. Er war ein begnadeter Künstler. Viola und er gingen auf die gleiche renommierte Kunstakademie. Das war schon mal etwas. Immerhin kannten sie sich also bereits. Nur näher hatten sie sich bisher noch nicht kennengelernt. Aber das konnte ja noch kommen.

Georgs Bilder ergriffen die Betrachter sofort und eröffneten ihnen Blicke, die sie vorher nie gekannt hatten. Georg war so gut in dem, was er machte, dass er vom Verkauf seiner Bilder leben konnte, obwohl er nicht dem Mainstream der modernen Kunst folgte. Mit anderen Worten, er praktizierte nicht die gängigen Versionen moderner Kunst, sondern malte, wie es ihm gefiel, und tatsächlich mit Können – er schuf echte Kunst: impressionistisch bis postimpressionistisch – also schon wieder altmodisch in dieser schnelllebigen Welt der Kunst.

Als Vorbilder dienten ihm Monet, Renoir und Van Gogh. Wenn er malte, öffnete er sich dem Augenblick, fing das Licht mit all seinen Reflexionen ein, löste diese auf in ihre Teile, winzige Lichtblitze, die er auf die Leinwand tupfte. Diese vereinten sich dann im Auge des Betrachters zu jenem Eindruck, den der Künstler beabsichtigt hatte, wobei es allerdings so war, dass der Betrachter aktiv an der geistigen Rekonstruktion des Bildes beteiligt war. Es floss also auch etwas vom Betrachter ein in das, was er zu sehen glaubte. Er erlebte damit Ähnliches wie das, was der Maler erlebt hatte. Das fesselte den Betrachter und das erklärte Georgs großen Erfolg.

Nun wollte er Viola malen, in der Hoffnung, dass sein Bild sie in seinen Bann schlagen würde. Er nahm allen Mut zusammen und fragte sie ganz direkt:

„Darf ich dich malen?"

Im Prinzip war das nichts Ungewöhnliches. Die Studenten der Kunstakademie saßen öfter füreinander Modell. So kam es, dass Viola der Sache offen gegenüberstand. Hinzu kam, dass sie Georgs Werke sehr schätzte. Also antwortete sie:

„Wenn ich mich dafür nicht ausziehen muss, bin ich einverstanden."

Und er beruhigte sie:

„Keine Angst. Ich dachte an eine Szene im Botanischen Garten."

Es war also ausgemacht. Sie trafen sich dort und er malte sie in einem sommerlichen Blumenmeer, üppig belaubte Bäume neben ihr und im Hintergrund ein Wäldchen. Die Sonne funkelte zwischen den Blättern hindurch und wärmte sie. Noch war es nicht zu heiß an diesem makellosen Sommertag. Schmetterlinge tanzten zwischen den Blüten und einer setzte sich auf Violas Haar. Sie lachte und freute sich darüber.

Georg konzentrierte sich auf das Bild und bat sie, sich möglichst nicht zu bewegen. Lächelnd stand sie dort, Tupfen von Sonnenlicht auf ihrem leichten Kleid. Ihr goldenes Haar glänzte im Licht, ihre blauen Augen leuchteten.

Sie plapperte munter drauflos:

„Da wir gerade inmitten von Blüten stehen, verrate ich dir, dass meine Mutter
mich Blütenfee genannt hat."

„Oh, wie schön! Darf ich dich auch so
nennen?"

„Ja, gerne!"

„Also dann, meine liebe Blütenfee, halte
doch ein bisschen still, damit ich dich besser malen kann!"

Es wurde ein lebensgroßes Bild und, als
er fertig war, zeigte er es ihr. Tatsächlich
wurde es ihrer Schönheit gerecht. Gleichzeitig konnte man, wenn man ein Gespür
dafür hatte, die Verliebtheit des Künstlers
in sein Modell erspüren, wobei offen blieb,
ob es eine Begeisterung des Malers für sein
künstlerisches Objekt oder die Leidenschaft
Georgs für die Frau Viola war. Viola war
wie vom Blitz gerührt und stieß hervor:

„Das verschlägt mir ja den Atem!"

Markus erwiderte:

„Und mir verschlägt es den Atem, wenn
ich dich sehe."

Upps! Er hätte sich auf die Zunge beißen können! Da hatte er mehr gesagt, als unter Kommilitonen üblich war. Aber es war einfach so aus ihm herausgeplatzt, ohne dass er es steuern konnte. Nun war es gesagt und er konnte es nicht zurücknehmen. Wie herausgedrückte Zahnpasta, die man auch nicht wieder in die Tube zurückbekommt. Aber es entsprach der Wahrheit und – wer weiß? – vielleicht hatte es auch sein Gutes, dass es jetzt erst einmal heraus war.

Viola stand noch unter dem Eindruck des Bildes. Sie konnte Georg seine Anzüglichkeit nicht übelnehmen. Was er gesagt hatte, war ihm nur so herausgerutscht und es war ja schmeichelhaft. Deswegen würde sie sich nicht zieren. Im Gegenteil, ihre natürliche Art brachte es mit sich, dass sie sich immer für ein Kompliment bedankte, auch wenn es ihr zu viel sein mochte. Hier kam noch etwas hinzu: Sie empfand eine gewisse Zuneigung zum Schöpfer ihres Porträts. Aus diesem Gefühl heraus konnte sie nicht anders, als zu tun, was sie tat. Sie sagte:

„Danke!"

Und zusätzlich drückte sie Georg einen Kuss auf die Wange. Der errötete und wusste nichts dazu zu sagen.

Jetzt geschah etwas, womit Georg nicht gerechnet hatte: Viola bekam einen heftigen Schluckauf. Zwischen zwei Anfällen stieß sie hervor:

„Entschuldigung! Das habe ich seit meiner Kindheit: Wenn ich mich richtig freue, bekomme ich einen Schluckauf."

„Das macht doch nichts", beruhigte Georg sie.

Als der Schluckauf vorbei war, hatte Viola Gelegenheit, noch etwas loszuwerden, was sie beunruhigte. Sie brachte jetzt doch noch das Einzige zur Sprache, was sie an dem Porträt störte:

„Du hast das Porträt ja signiert! Ein Porträt zu signieren, bringt bekanntermaßen der porträtierten Person Unglück."

„Was?", stieß Georg hervor. „Davon habe ich ja noch nie etwas gehört. Das ist doch purer Aberglaube. Meine Signatur wird mal sehr wertvoll werden."

„Na gut", lenkte Viola ein. „Dann wollen wir mal das Beste hoffen!"

Georg schnaufte vor Erleichterung. Der Kuss wirkte immer noch nach und der geküsste Georg schwebte immer noch auf Wolke sieben. Diese Situation musste er nutzen und sie um ein Date bitten.

Stockend fragte er:

„Könntest du dir vielleicht vorstellen, mit mir zu Abend zu essen?"

Wenn Viola ihm eine Abfuhr hätte erteilen wollen, hätte sie es sicher auf die nettestmögliche Art getan. Aber das Bild hatte ihr Herz erobert. Sie entschied spontan, Georg eine Chance zu geben. Also antwortete sie:

„Klar! Schlag etwas vor!"

Georg schlug ein romantisches kleines Restaurant in der Nähe vor und Viola sagte zu. Georg konnte es kaum glauben.

Das war geschafft!

Danach ging es zügig vorwärts. Sie trafen sich oft und malten miteinander, wobei sie voneinander lernten: Markus von Viola ihre Empathie und ihre Suche nach der Seele in den Dingen, Viola von Markus seine Technik und seinen Blick auf die Dinge. Sie verstanden sich derart gut, dass sie gute Freunde wurden. Da konnte es schon mal passieren, dass sie sich bei der Diskussion eines in Arbeit befindlichen Bildes an der Hand berührten und dann anlächelten. Sie diskutierten viel und näherten ihre Ansichten gegenseitig an. Nach und nach lernten sie auch ihre Familien kennen und schenkten sich immer mehr Vertrauen.

Schließlich malten sie ein großes Bild gemeinsam. Es sollte ihre Gefühle ausdrücken und gestaltete sich bunt und abstrakt. Sie kicherten und lachten dabei. Mittendrin in ihrer Arbeit tupfte Georg seinen Finger in die Palette und dann auf Violas Gesicht.

„Jetzt passt du zu dem Bild!", rief er.

„Na warte!", erwiderte Viola, tat dasselbe und meinte: „Jetzt passt auch du dazu."

Sie bekleksten sich noch eine Weile und, als sie genug hatten, machten sie sich daran, sich gegenseitig wieder zu säubern. Ihre Overalls konnten so bleiben, wie sie waren, aber die Gesichter bedurften der Reinigung. Als Georg Viola wiederhergestellt hatte, zupfte er ihr vorsichtig die Haare aus dem Gesicht, strich dann zärtlich über ihre Haarpracht und vergrub schließlich seine Hände in der Tiefe ihrer Locken. Dabei hielt er ihren Kopf fest, brachte sein eigenes Gesicht näher an ihres und sah ihr tief in die Augen. Dabei bemerkte er, dass auch sie sich ihm entgegenneigte, was er als Bestätigung auffasste, dass er weitermachen durfte. So küsste er sie zaghaft auf die Lippen und sie gab seinen Kuss feurig zurück. Sie knutschten leidenschaftlich, warfen dabei die Leinwand um, stolperten darüber, fielen auf das Gemälde und wälzten sich darauf herum.

Die Farben waren alle verwischt, aber das Bild hatte etwas Spontanes erhalten. Es gefiel ihnen und sie beschlossen, es so zu lassen – als Erinnerung an diesen Augenblick ihres ersten Kusses.

Kaum konnten sie wieder japsen, bekam Viola wieder einen Schluckauf-Anfall. Georg lachte:

„Das ist gut. Es zeigt mir, dass es dir gefallen hat."

Dann verriet er Viola ein Geheimnis:

„Weißt du, dass ich von diesem Kuss geträumt habe, seit ich dich das erste Mal gesehen hatte?"

„Nein", antwortete Viola. „Aber auch ich habe seit einiger Zeit daran gedacht und mich gefragt, wann du den Mut dazu aufbringen würdest."

„Na, dann hättest du mir doch etwas mehr entgegenkommen können!", protestierte Georg.

„Schon, aber das hätte uns die Spannung genommen."

Oft spielten sie beim Malen Musik ab, von Pop bis Wagner, von Schlager bis Rap. Viola sang lauthals mit, während Georg sich darauf beschränkte, mit dem Pinsel den Takt zu schlagen. Und hier zeigte sich nun, dass Viola doch nicht alles vom Schicksal geschenkt bekommen hatte: Singen konnte sie nicht. Sie sang hell und fröhlich, aber falsch. Ihre Singstimme hörte sich wie eine Quietsche-Ente an, was sie aber selbst nicht zu wissen schien. Oder sie wusste es und es machte ihr nichts aus.

Georg merkte es wohl, aber auch ihm machte es nichts aus. Im Gegenteil, jetzt, da er mitbekam, wie schlecht sie sang, verlor auch er seine Hemmungen und sang genauso falsch mit. Gut, dass kein anderer diese Katzenmusik hörte. Die beiden jedoch genossen es und zum Schluss gab es ein Küsschen.

Wenn Markus am Anfang von Violas Erscheinung geblendet war, so erkannte er nun nach und nach, dass auch sie nur ein Mensch war. Ihre Unbekümmertheit hätte man auch als Oberflächlichkeit interpretieren können. Ihre Neugier könnte als Zeichen einer großen Unwissenheit gewertet werden. Es hing alles nur davon ab, wie man es betrachtete. Und Georg betrachtete es mit den Augen der Liebe. Alles war schon in dem Gesicht enthalten, das er so einfühlsam gemalt hatte. Jetzt verstand er es immer besser und verliebte sich immer mehr in Viola.

Auch sie lernte, seine menschlichen Vorzüge genauso zu schätzen wie seine Begabung als Künstler.

Es ließ sich auf die Dauer nicht leugnen: Zwischen ihnen wuchs das zarte Pflänzchen der Liebe. Wenn es sich auch nicht um eine Liebe auf den ersten Blick gehandelt hatte und Georg hatte aktiv werden müssen, um den Prozess in Gang zu bringen, so hatte dieser Prozess sich doch verselbständigt und lief nun immer schneller ab. Ohne dass sie es aussprechen mussten, wussten beide mit der Zeit, dass sie füreinander bestimmt waren.

Dass Viola bis zu ihrem Zusammentreffen mit Georg so unverdorben geblieben war, konnte wohl als das Verdienst ihrer Eltern betrachtet werden, die ihre Tochter mit Argusaugen bewachten. Nun wollten sie Georg unter die Lupe nehmen. Damit hatte er rechnen müssen und er nahm es mit Fassung hin.

Violas Vater war ein recht hohes Tier in einem Industriekonzern. Er war gewohnt, in einer strengen Hierarchie Anweisungen zu geben und erwartete offenbar von Georg bedingungslose Unterordnung. Der jedoch ging Hierarchien aus dem Weg und sah keinen Grund, sich zu unterwerfen. Violas Vater, Herr Reutlinger, stellte gleich klar:

„Ich wünsche, dass ich über jeden Schritt eures gemeinsamen Lebens unterrichtet werde."

Worauf Georg antwortete:

„Das werden Viola und ich von Mal zu Mal entscheiden."

Herr Reutlinger fauchte:

„Wollen Sie mir etwa widersprechen?"

Georg entgegnete:

„Wollen Sie mir etwa Vorschriften machen?"

Jetzt sah sich Viola genötigt einzugreifen:

„Papa, vertrau mir einfach! Wir werden dich nicht enttäuschen."

Herr Reutlinger war es nicht gewohnt, Menschen zu vertrauen. Wenn überhaupt, vertraute er der Macht der Hierarchie. Andererseits liebte er seine Tochter und schwieg versöhnlich.

Frau Reutlinger war eine freundliche liebenswerte Frau. Georg konnte verstehen, dass Viola von ihr zu so einem offenherzigen Menschen erzogen worden war. Er sah Viola im Geiste schon als liebevolle Mutter seiner Kinder. Frau Reutlinger begrüßte ihn herzlich als den Partner ihrer Tochter.

Das Treffen endete harmonisch und Violas Eltern billigten die Wahl ihrer Tochter.

Jetzt kam der Rückbesuch bei Georgs Mutter dran. Viola musste keine Qualitätskontrolle fürchten, nicht nur, weil sie über jede Kritik erhaben war, sondern auch, weil Gertrud, Georgs Mutter, die ihn allein erzogen hatte, nie auf die Idee gekommen wäre, der Wahl ihres Sohnes im Weg zu stehen. Sie umarmte Viola sofort und hätte sie am liebsten gleich als Schwiegertochter willkommen geheißen.

Eines Tages beim gemeinsamen Abendessen fragte Viola:

„Georg, hast du dir eigentlich schon einmal Gedanken über eine eigene Familie gemacht?"

Georg errötete. Niemals hätte er selbst es gewagt, dieses Thema aufs Tapet zu bringen. Aber wenn Viola es ansprach, durfte er antworten:

„Ja, das habe ich und ich wüsste auch schon, mit wem ich sie gründen wollte."

Jetzt war es an Viola, ein wenig zu kokettieren:

„Na, mit wem denn?"

Nun saß er in der Falle: Er musste Farbe bekennen und sagte leise:

„Mit dir."

Damit war auch das gesagt und sie beschlossen zu heiraten. Alles ging seinen Gang. Es wurde eine Hochzeit in kleinstem Kreise. So war es ihnen am liebsten. Schließlich ging es um sie und nicht um die Gesellschaft.

Dann kam die Hochzeitsnacht.

Sie übertraf alle ihre Erwartungen. Mit soviel Liebe und Zärtlichkeit vereinigten sie sich, dass sie sich fühlten wie Adam und Eva im Paradies. Violas Schluckauf kam hinzu und wollte auch nach einer Salve von Anfällen nicht enden.

Die Hochzeitsnacht machte Georg zum glücklichsten Menschen auf Erden, nur um ihn danach abstürzen zu lassen. Omne animal post coitum triste – jedes Lebewesen ist nach dem Beischlaf traurig. Irgendjemand hatte diesen Ausspruch Aristoteles zugeschrieben. Dabei ist er obskuren Ursprungs. Bei Georg traf er jedoch zu. So sehr er sich vorher auf dieses Erlebnis gefreut hatte, so traurig war er, als es vorbei war. Dieser Augenblick stellte die Erfüllung aller seiner Träume dar. Alle Wiederholungen würden wunderschön sein, aber an dieses erste Erlebnis nicht heranreichen. Er war glücklich und wusste doch, dass jetzt die Zeit der Vorfreude vorbei und die Zeit der Verantwortung angebrochen war. Die unbeschwerte Jugend mit ihren Träumen wich dem Erwachsenenleben mit seinen Kämpfen.

Sicher ist die Vereinigung von Frau und Mann ein Wendepunkte des Lebens. So hat die Natur es eingerichtet. Mit allen Kräften arbeitet man auf diesen Moment hin, der den Fortbestand der Art sichern soll. Aber auch die Zeit danach ist wichtig und schön. Wichtig, weil die Kinder der Fürsorge beider Elternteile bedürfen. Schön, weil jetzt das eigentliche Leben zu zweit beginnt, weil man erst jetzt wirklich ganz nur aufeinander und die neue Familie bezogen ist. Ab jetzt löst man die Probleme zu zweit, ist mit dem Menschen zusammen, den man liebt, und hofft, dass es für immer so bleiben wird.

Noch war es zu früh, als dass sie hätten wissen können, ob Viola schwanger werden würde. Sie wünschte es sich jedenfalls und wappnete sich für die Strapazen, die diese Zeit mit sich bringen würde.

Die beiden machten große Pläne.

Das Schicksal wollte es anders.

Quem di diligunt adsolencens moritur – wen die Götter lieben, stirbt jung. So sagte Plautus in der Antike. Dass Viola vom Leben mit allen Vorzügen gesegnet war, ließ sich ja nun nicht leugnen. Vielleicht hätte sie darauf verzichtet, wenn sie dafür ein längeres Leben bekommen hätte. Die Wahl hatte sie nicht. Sie starb durch einen Unfall mitten in ihrer glücklichsten Zeit, gerade als sie mit Georg Kinder bekommen wollte.

Es geschah auf der Autobahn. Viola fuhr mit hoher Geschwindigkeit in eine Gruppe von Fahrzeugen, die sich vor ihr durch einen Auffahrunfall ineinander verkeilt hatten. Wenn sie schneller reagiert hätte, wäre vielleicht noch ein Ausweichmanöver möglich gewesen, aber so schnell war sie nicht. Sie überlebte den Aufprall nicht.

Das traf Georg hart. Viola war das Zentrum seines Lebens geworden. Er hatte sich ihr mit Haut und Haaren ausgeliefert und war von ihr nicht enttäuscht worden. Dass sie nun gestoben war, konnte man ihr nicht anlasten. Sie hatte das Leben geliebt und wäre gern geblieben.

War Georg womöglich schuld an ihrem unglücklichen Tod, weil er damals das Porträt signiert hatte? Wie es in solchen Situationen oft geschieht, suchen die Hinterbliebenen die Schuld bei sich. Rein sachlich betrachtet traf ihn natürlich keine Schuld. Trotzdem fragte er sich, ob Viola so stark an ihr Unglück geglaubt hatte, dass ihr das Selbstvertrauen gefehlt hatte, entschlossen zu reagieren. Wäre ihr Tod vermeidbar gewesen, wenn sie nicht geglaubt hätte, dem Unglück geweiht zu sein? Eine unsinnige Frage, aber Georg fragte sich das allen Ernstes. So kam es, dass er sich immer mehr Vorwürfe machte, damals Violas Bedenken nicht ernst genug genommen zu haben. Nun war es zu spät. Er verfiel ins Grübeln.

Allein blieb er zurück. Aber er hatte ja noch ihr Porträt, das ihm von allen seinen Bildern das liebste war. Stundenlang saß er vor dem Bild und betrachtete Violas Abbild, wie er sie damals in all seiner Verliebtheit betrachtet hatte. Das gab ihm Trost.

Nicht einmal das war ihm vergönnt. Er war inzwischen so bekannt geworden, dass er ein beträchtliches Vermögen angesammelt hatte. Das lockte Einbrecher an. Eines Tages fand er seine Wohnung ausgeräumt vor. Auch Violas Porträt war weg! Das warf ihn um. Er musste das Bild um jeden Preis wiederhaben!

Natürlich bat er die Polizei um Hilfe, hörte sich aber auch selbst in der Hehlerszene um. Tatsächlich wurde er fündig und konnte das Bild zu einem horrenden Preis zurückkaufen.

Nun ließ er es nicht mehr aus den Augen. Er hatte eine Haushälterin, Bertha, die für ihn die täglichen Besorgungen erledigte, war mit der übrigen Welt online verbunden und schlief in einem Raum mit dem Bild.

Zu dieser Zeit nahm er Kontakt zu einem Schamanen auf, dem er sein Unglück schilderte. Der Schamane konnte ihm Trost spenden. Er erklärte Georg:

„Es gibt zwei verschiedene Welten, nämlich die der Lebenden und die der Geister. Wenn Viola die Welt der Lebenden verlassen hat, kannst du sie immer noch in der Welt der Geister besuchen. Am besten wird es gehen, wenn du ihr Porträt benutzt. Du musst Kontakt zu dem Bild aufnehmen. So kannst du Viola erreichen. Ich werde dir helfen."

Mit diesen Worten begann der Schamane Beschwörungsformeln zu murmeln und zu trommeln, während er um das Bild herumtanzte. Dann ergriff er Georg, fixierte ihn mit den Augen und gab ihm einen

Schluck aus einer Flasche zu trinken, die er bei sich trug. Ein leichter Schwindel ergriff Georg und er taumelte auf das Bild zu. Er griff nach Viola, konnte sie aber nicht fassen.

Der Schamane beruhigte ihn:

„Du musst Geduld haben. Der Zugang zum Geisterreich ist nicht einfach. Bitte jeden Tag um Einlass! Irgendwann wird er dir gewährt werden."

Georg nahm die Ratschläge ernst und widmete seine ganze Aufmerksamkeit dem Bild.

Es entwickelte sich zur Besessenheit. Ganze Tage starrte er auf das Bild, bis er glaubte, eine Regung in ihrem Gesicht zu sehen. Sahen ihre Augen nicht eine Spur trauriger aus als sonst? Hatte ihr Lächeln nicht einen bitteren Beigeschmack bekommen?

Er fing an, mit dem Bild zu reden.

In seinen Dialogen mit dem Porträt kam er auf die Idee, dass sie doch wieder miteinander leben könnten. Sie brauchten sich ja nicht mehr von der Stelle zu bewegen. Es genügte ihm, bei ihr zu sein und mit ihr zu sprechen.

Er bildete sich ein, dass sie ihm zustimmte.

So beschloss er, nichts mehr zu essen und zu trinken und nur noch mit dem Bild zu kommunizieren. Seine Haushälterin sah regelmäßig nach ihm, konnte ihn aber nicht dazu bringen, seine Mahlzeiten einzunehmen.

Er saß vor dem Bild, starrte es an und redete mit seiner Frau, die ihm zu antworten schien. Das Liebesgeflüster ging den ganzen Tag über. Manchmal stand er auf und umarmte das Bild. So blieb er lange Zeit stehen und ließ das Bild nicht mehr los. Am liebsten wäre er hineingekrochen und Teil des Bildes geworden. Dies war seine Welt – er hatte sie gemalt. Dies war seine Frau – er liebte sie über alles. Mit ihr in dieser Welt zu existieren, das wünschte er sich. Er wollte dort hinein. Er konzentrierte seine ganze Willenskraft darauf. Sollte es nicht möglich sein?

Sein vom Fasten geschwächter Körper geriet in Trance. Mit fiebrigen Augen stierte er das Bild an. Hatte Viola gerade versucht, mit ihm sprechen? Er rieb sich die Augen. Und dann sprach sie tatsächlich:

„Komm zu mir!"

Dabei streckte sie ihm ihren Arm entgegen. Der Arm verließ das Bild nicht – vielmehr dehnte sich die Sphäre des Bildes aus, um ihren Arm noch zu umfassen. Georg ergriff ihre Hand und befand sich in der Sphäre des Bildes. Er roch die Blumen, spürte die Wärme des Sommers und den leichten Lufthauch. Die Welt hier war bunter, beseelter als die Wirklichkeit. Es gab keine Zeit, nur glückliches Verweilen. Wie in Trance trat Georg zu Viola, küsste sie und stellte sich zu ihr. Das Bild schloss sich wieder.

Am nächsten Tag fand Bertha Georg nicht mehr in seinen Räumen vor. Das verwunderte sie sehr, da er ja das Haus nicht mehr verließ. Schließlich bemerkte sie, was geschehen war: Er stand in Violas Porträt hinter Viola und hielt deren Hand in der seinen. So war er wieder mit seiner geliebten Frau zusammen. Bertha verstand es nicht. War er in das Bild gestiegen und hatte sich für immer dort niedergelassen? So sah es aus, und doch war es ja eigentlich unmöglich.

Trotzdem schien es irgendwie gut so zu sein. Einfach nur glücklich wirkten die beiden auf dem Bild. Auf ewig vereint. Georg befand sich in der Welt, die er sich geschaffen hatte. So hatte er sie empfunden, diese Umgebung, dieses impressionistische Farbenspiel. War er jetzt da hineingemalt worden oder wirklich dorthin hinübergewechselt: auf die andere Seite der Leinwand?

Bertha wusste nicht so recht, wie sie mit der Situation umgehen sollte. Schließlich rief sie die Polizei und schilderte den Beamten die Umstände des Geschehens.

Die Polizisten fanden eine einfache Erklärung. Sie behaupteten, der Maler hätte Violas Porträt verändert, indem er sich selbst noch hineingemalt hätte. Dann hätte er sich aus Kummer über den Tod seiner Frau selbst umgebracht. Irgendwann würde man seine Leiche schon finden.

Der Fall wurde abgeschlossen.

Elisabeth und Raphael

Der Bus drohte aus allen Nähten zu platzen, so voll war er. Raphael war froh, nach einer Weile einen Sitzplatz erobert zu haben. An der nächsten Station stieg eine schwangere junge Frau ein und machte ein leidendes Gesicht. Es gab keine Alternative: Raphael stand auf und bot ihr seinen Platz an. Von nun an musste er stehen, aber es machte ihm nichts aus, weil er glaubte, ein gutes Werk getan zu haben.

Es traf sich, dass er und die Schwangere an derselben Haltestelle aussteigen mussten. Auf der Straße verabschiedete er sich von ihr und wünschte ihr alles Gute für die Geburt. Sie lachte und zog ein Kissen unter ihrem Mantel hervor.

„Welche Geburt?", kicherte sie. „Ich kann einfach nicht so lange stehen. Hoffentlich nimmst du mir meinen kleinen

Trick nicht übel. Als Kavalier hättest du mir sicher auch so deinen Sitz angeboten, oder?"

Raphael fühlte sich zwar hereingelegt, konnte aber der charmanten jungen Frau nicht ernstlich böse sein.

„Klar hätte ich dir meinen Sitz auch so angeboten. So eine hübsche Frau darf man doch nicht stehen lassen. Darf ich dir dein Baby nach Hause tragen?", fragte er scherzhaft und griff nach ihrem Kissen. Die junge „Mutter" hatte nichts dagegen einzuwenden.

So lernte er Elisabeth kennen. Sie kamen ins Gespräch und es stellte sich heraus, dass sie beide freischaffende Künstler waren. Sie lagen auf einer Wellenlänge und wurden bald ein Paar.

Die Wohnung von Viola und Georg stand immer noch leer. Sie befand sich in einer alten renovierungsbedürftigen Villa. Sie wieder in Ordnung zu bringen, wäre ein riesiger Aufwand gewesen. Der Vermieter hatte keine Lust, die Wohnung und das Atelier des Pärchens zu räumen und alles zu renovieren. Er suchte einfach wieder einen Künstler, der bereit war, die Räumlichkeiten so zu übernehmen, wie sie waren. Dafür hatte er die Miete günstig angesetzt.

Es war wie vorherbestimmt. Raphael, der für Elisabeth und sich eine gemeinsame Wohnung suchte, fand die Anzeige im Internet. Alles passte. Der Künstler bezog die Räume zusammen mit seiner neuen Freundin Elisabeth. Sie gestalteten einiges um, übernahmen vieles und fühlten sich bald wohl.

Das lebensgroße Porträt von Viola mit Georg rührten sie nicht an. Beschriftet war es als „Violas Porträt" und signiert von einem Georg. Es verzauberte auch sie. Oft standen sie versonnen davor und versenkten sich in das liebevolle Bild.

Dabei geschah es eines Abends, als die goldenen Strahlen der untergehenden Sonne das Bild erstrahlen ließen, dass das Bild sich öffnete. Es schien sie einzuladen, es zu betreten. Hatte das junge Mädchen im Bild nicht sogar eine einladende Geste gemacht?

Damals fehlte ihnen der Mut, diesen Schritt zu tun, aber sie vergaßen das Erlebnis nicht und erwogen, das Wagnis eines Tages einzugehen.

Auch Raphael war ein großartiger, fanatischer Künstler. Er steigerte sich derart in sein Werk hinein, dass er sich in seine Bilder verliebte und sie nicht mehr aus der Hand geben wollte. So viel von seiner Identität war in diese Bilder hineingeflossen, dass sie ein Teil von ihm geworden waren.

Das stellte ein Problem dar, da Elisabeth und er vom Verkauf ihrer Bilder leben wollten.

Um das Problem zu lösen, suchte Raphael einen Psychiater auf. Dieser hörte sich seine Beschreibung des Problems an und sprach dann:

„Was Sie mir schildern, ist unter dem Namen Cardillac-Syndrom in der Psychiatrie bekannt. Es kann behandelt werden. Dazu bedarf es allerdings einer langfristigen Therapie. Ich muss Sie hypnotisieren. Ob Sie dazu geeignet sind, muss sich noch herausstellen. Jedenfalls wird die Krankenkasse diese Behandlung nicht bezahlen. Sie müssten die Kosten selbst aufbringen."

Daran sollte es scheitern. Raphael fehlten die finanziellen Mittel.

Er kam auf eine andere Lösung.

Armin, einer seiner Freunde, verfügte über Kontakte in die Unterwelt. Ihn fragte Raphael um Rat, wie er seine verkauften Bilder wiederbekommen könnte. Armin kannte einen gewissen Matze, der auf Einbrüche spezialisiert war. Er meinte:

„Durch die Kaufverträge kennst du doch die Anschriften der Käufer. Es dürfte für Matze kein Problem sein, in die noblen Schuppen einzubrechen und die Bilder rauszuholen. Da es sich im Normalfall nur um jeweils ein Bild handelt, ist die Sache ratzfatz erledigt und er gerät nicht in Gefahr, erwischt zu werden. Du müsstest ihn natürlich angemessen bezahlen."

„Da gibt es nur ein Problem. Matze ist dann ein Mitwisser", wandte Raphael ein. „Wird er nicht versuchen, mich zu erpressen?"

„Aber nein", beruhigte ihn Armin. „Er hängt doch selbst mit drin. Der hält dicht."

Der Kontakt wurde hergestellt und Raphael veranstaltete eine Vernissage – in der Gewissheit, die verkauften Bilder später wiederzubekommen.

Es klappte hervorragend. Raphael erzielte Höchstpreise und Matze holte die Bilder zurück. Natürlich hängte Raphael sie nicht wieder auf. Er verstaute sie in einem geheimen Abstellraum, wo er sie jederzeit betrachten konnte.

So ging es eine ganze Weile, bis der Polizei die Einbruchsserie auffiel, bei der immer nur Raphaels Bilder gestohlen wurden. Zwei Kriminalbeamte erschienen bei Raphael zu einer Befragung. Sie wollten wissen, wieso gerade seine Bilder Ziel dieser Einbrüche geworden waren.

„Kennen Sie vielleicht einen Fan, der die Kontrolle über sich verloren hat?", wollte einer der beiden wissen. „Es gab mehrere Einbrüche, bei denen nur Bilder von Ihnen gestohlen wurden."

„Nein, so jemanden kenne ich nicht", antwortete Raphael und damit war die Befragung im Wesentlichen schon erledigt. Die beiden Polizisten verabschiedeten sich und gingen.

Raphael hatte einen gehörigen Schreck bekommen und beschloss, vorläufig mit dem Verkauf seiner Bilder aufzuhören. Er hatte genug verdient, um eine Weile davon leben zu können.

Damit hätte die Angelegenheit erledigt sein können, wenn nicht Armin auf einmal gierig geworden wäre. Er kam eines Tages auf Raphael zu und fragte:

„Meinst du nicht, dass ich auch eine kleine Provision verdient hätte, da ich dir den Kontakt zu Matze vermittelt habe?"

„Davon war nie die Rede. Ich habe das für einen Freundschaftsdienst gehalten. Du hast mir und Matze einen Gefallen getan. Wie oft habe ich dir schon einen Gefallen getan?"

„Ja, ja, schon gut. Ich meinte ja nur …" grummelte Armin.

In Wirklichkeit war die Sache für Armin überhaupt nicht erledigt und er trug Raphael etwas nach, allerdings, ohne es ihm zu sagen. Sein Groll brach sich auf andere Weise Bahn.

Raphael hatte die Angelegenheit schon fast vergessen, da zahlte Armin es ihm heim. Bei einer Party, die Elisabeth und Raphael gaben, mussten die Gastgeber für eine Weile den Raum verlassen. In der Zwischenzeit erzählte Armin den Anwesenden, dass die Gastgeber sexsüchtig seien und jedem Gast, der mit ihnen den Raum verließ, Sex anböten. Darin wären sie sogar recht gut und alle, die akzeptiert hatten, wären höchst befriedigt gewesen.

Als Elisabeth und Raphael wieder den Raum betraten, empfing sie betretenes Schweigen. Alle vermieden zunächst den

Blickkontakt. Dann ernteten sie einige verstohlene neugierige Blicke. Frauen kennen so etwas eher als Männer. Sie werden öfter mal mit Blicken ausgezogen. Für Raphael war das etwas völlig Neues. Die lüsternen Blicke, die ihm einige gar nicht mal so unattraktive Frauen zuwarfen, brachten ihn aus der Balance. Zuerst fühlte er sich entblößt und beschämt. Dann aber musste er sich eingestehen, dass es schon etwas hatte, ein Lustobjekt zu sein. Schließlich aber spürte er die zerstörerische Macht dieser merkwürdigen Stimmung im Raum. Er fragte ohne Umschweife:

„Was ist los?"

Natürlich bekam er keine Antwort, aber bei der Verabschiedung der Gäste zog ihn ein gewisser Timo beiseite und erzählte ihm, was vorgefallen war.

Noch in der gleichen Nacht rief Raphael Armin an und stellte ihn zur Rede.

„Nun stell dich nicht so an", wollte Armin ihn beruhigen. „Ist doch nichts passiert. War nur ein kleiner Spaß."

„Du wirst das richtigstellen und dich bei allen entschuldigen", forderte Raphael. „Sonst lade ich dich nie mehr ein."

„Nun mach mal halblang!", versetzte Armin. „Du solltest mir dankbar sein – nach allem, was ich für dich getan habe. Denk nur mal an Matze!"

„Willst du mich etwa erpressen?"

„Nur ein ganz klein bisschen. Sagen wir 10000 Euro. Das ist doch gar nichts für dich."

Wortlos unterbrach Raphael das Gespräch.

Zwei Tage später standen wieder die beiden Kriminalkommissare vor Raphaels Tür – diesmal mit einem Durchsuchungsbescheid für sein Haus. Sie hätten einen anonymen Hinweis erhalten, dass die gestohlenen Bilder bei ihm seien. Raphael konnte sich schon denken, dass sein „guter Freund" Armin dahintersteckte.

Jetzt war das Kind in den Brunnen gefallen und er würde verhaftet werden, würde von Elisabeth getrennt werden, würde nicht mehr malen können. Verzweiflung ergriff ihn. Er schlug den Beamten die Tür vor der Nase zu. Dann stürzte er zu Elisabeth und zog sie mit sich in den Salon. Er schilderte ihr die Katastrophe, die über sie hereinbrach:

„Sie werden mich ins Gefängnis stecken und uns das Haus wegnehmen, alles, was wir haben. Unsere gemeinsame Zukunft ist in Gefahr. Wir müssen fliehen!"

„Und dann?", wolle Elisabeth wissen. „Sind wir dann ewig auf der Fluch wie Bonnie und Clyde?"

„Nein, es gibt eine andere Möglichkeit. Wir können in Violas Porträt fliehen. Es hat uns schon einmal eingeladen. Dort im Bild können sie uns nicht verhaften. Wir gelten dann als verschollen."

„Na gut", stimmte Elisabeth zu. „Dann lass es uns wagen!"

Gemeinsam umarmten sie das Bild und pressten sich dagegen. Das Bild öffnete sich und nahm sie auf.

Viola und Georg hießen sie freundlich willkommen in ihrer Geisterwelt. Wie schön! Hier waren sie Künstler unter Künstlern und konnten nach Belieben malen. Sie beteiligten sich an der Ausgestaltung des Bildes in der Tiefe, dort, wo man es von außen nicht sehen konnte. Tatsächlich konnte man immer tiefer in das Bild eindringen, wobei man es selbst mitgestaltete.

Hier blieben sie und lebten ihre Kunst aus. Die Widrigkeiten des täglichen Lebens existierten hier nicht. Keiner konnte sie mit Gewalt von hier entführen, auch die Polizei nicht.

Als die Polizei endlich die Tür aufbrach, konnten sie Elisabeth und Raphael nirgends finden. Sie waren auch auf dem Bild nicht zu sehen und mussten sich wohl hinter den Pflanzen des dargestellten Botanischen Gartens versteckt haben.

Das Bild fiel den Beamten zwar auf und sie erinnerten sich an den Fall des Malers dieses Bildes, der ebenfalls spurlos verschwunden war. Einen Reim konnten sie sich jedoch nicht darauf machen.

Die Polizei gab noch eine Fahndung nach den beiden heraus, die jedoch ohne Erfolg blieb. Schließlich galten die beiden als verschollen.

Hanna und Lars

Dass nunmehr drei Personen im Zusammenhang mit demselben Bild spurlos verschwunden waren, regte die Fantasie der Boulevard-Presse an. Die Blätter titelten:

„Bild des Schreckens verschlingt Menschen!"

Das Internet ließ sich auch nicht lumpen und unzählige Spekulationen schossen bei den verschiedensten Plattformen wie Twitter, Instagram, Telegram, TikTok, YouTube und Facebook ins Kraut.

Zu den vielen jungen Usern, die darüber stolpern sollten, gehörten Hanna und Lars.

Hanna meinte zu ihrem Freund Lars:

„Hey, check mal, was ich zum Frühstück besorgt habe!"

„Häh, was soll denn das sein? Was steht da drauf? Surströmming? Da bin ich lost."

„Das hat mir ein Freund aus Schweden mitgebracht. Er hat gemeint, wir könnten es mit Brot essen."

„Na, dann lass probieren!"

Sie machten die Dose auf und schon der Geruch warf sie fast um. Das war ja noch scheußlicher als scheußlich.

„Vergammelter Fisch! Das kann man doch nicht essen", meinte Lars angewidert. „Da bestreiche ich ja mein Brot lieber mit Scheiße!"

„Du bist wohl Banane, dir sowas auszudenken. Den Gedanken kriege ich jetzt nie mehr aus dem Kopf!"

„Und ich bekomme den Gestank deiner Fische nicht mehr aus der Nase."

„Soll ich dir´n Brot mit Nuss-Nougat-Creme machen?"

„Bist du wack? Das nach meinem Vorschlag mit dem Scheißebrot?! Kann ich nicht drüber lachen."

„Brauchst ja auch nicht."

Sie entsorgten nun den Gammelfisch im Mülleimer auf dem Hof, nachdem sie das Zeug luftdicht eingepackt hatten. Weg und vergessen!

„Weißt du, was ich mir wirklich mal wünschen würde?", fragte Hanna.

„Na, was denn?", antwortete Lars.

„Dass ich im Lotto gewinne."

„Träum weiter. Eher schlägt der Blitz bei uns ein."

„O.k., dann eben nicht. In dem Fall würde ich mir wünschen, dass mein letzter Tweet viral geht."

„Zeig mal her!"

Hanna zeigte ihm ihren Tweet und Lars lachte:

„Ein Guten-Morgen-Gruß?! Sheesh?! Voll cheugy! Wen interessiert denn sowas? Das ist nicht fly. No front, aber vielleicht

solltest du doch lieber auf deinen Lottoge-
winn warten."

„Cheche! Immer musst du alles miesma-
chen!", schimpfte Hanna und zerwühlte
ihm die Haare.

„Tschuligom, Habibi", brachte Lars noch
hervor und Hanna erwiderte:

„Ich küss dein Auge."

Nun meinte Lars ganz beiläufig:

„Weißt du, ich wünsche mir auch etwas."

„Na was denn", wurde Hanna neugierig.

„Dass du mir mal einen bläst."

„Blas dir selber einen!"

„Würde ich ja, aber es geht nicht, ist ana-
tomisch unmöglich."

„Vielleicht geht es bei dir nicht, aber ich
kannte mal einen, der war eine Art Schlan-
genmensch, der konnte es."

„Hör auf zu flexen!"

„Stimmt aber. Ich hab's voll mitangesehen. Ich schwöre! Er hatte es als Vorspiel gemacht, bevor wir zusammen losgelegt haben. Hat uns beide angetörnt. Ich habe ihm dabei geholfen."

„Wie das?"

„Na, ich hab ihm eben Druck auf den Hals gegeben, damit er den Rücken und den Nacken krumm zu gekriegt hat. Als er sich da geschunden hat und wie blöd gekeucht hat, war's mir dann doch zu wild. Ich so: ,Hör auf, bevor du dir noch was abbrichst!' Und er: ,Warum denn. Bin gerade so schön in Fahrt.' Aber er hat's mir zuliebe doch gelassen und wir haben unser Ding auf normale Weise durchgezogen. War mir lieber so."

„So genau wollt ich eigentlich gar nicht wissen. Ich kann's jedenfalls nicht."

„Und ich mach's dir auch nicht."

Damit war das geklärt und Hanna wandte sich wieder dem Computer zu.

Beim Surfen im Netz entdeckte sie das umstrittene Bild und die Story dahinter. Sie vergrößerte das Bild und fragte Lars, ob er bei der Betrachtung des Werkes irgendetwas verspüre.

„Ein schönes Bild", meinte Lars. „Die Braut ist heiß, aber ich verspüre keinen Sog, der mich hineinzieht."

„Das muss ja auch gar nicht so sein", erläuterte Hanna. „Das ist nur der Rumor. In Wirklichkeit könnte es doch sein, dass irgendwelche Pärchen freiwillig gemeinsam in dieses Paradies flüchten. Der Maler wollte zu seiner toten Frau und das Pärchen danach wollte sich vor der Polizei in Sicherheit bringen. Es funktioniert nur für Pärchen, die zusammenbleiben wollen."

„Vielleicht sollten wir auch dahin vor dem Leben fliehen?"

„Gut. Yolo. Gib ihm! Yallah!"

Sie fassten sich bei den Händen, starrten gemeinsam auf den Schirm mit dem Bild, konzentrierten sich und – schwupps – waren sie im Computer verschwunden.

Sekunden später erschien ein Tweet vom Account der beiden, in dem sie ihr Erlebnis beschrieben und mit den Worten endeten:

„Wir sind jetzt im Bild."

Der Tweet ging viral. Überall auf der Welt wurde er angeklickt und retweetet.

Nach einer Weile kehrten Hanna und Lars wieder zurück.

„Die Rückkehr scheint kein Problem zu sein", bemerkte Lars. „Aber was ist, wenn der Computer in der Zwischenzeit ausgeschaltet wird?"

„Das müssten wir ausprobieren", schlug Hanna vor.

„Safe", meinte Lars.

Sie ließen den Computer übers Stromnetz laufen und installierten eine Zeitschaltuhr, die den Computer nach einer Minute ausschalten sollte. Dann gingen sie wieder ins Bild.

So geschah es, dass Hanna und Lars, als sie diesmal das Bild wieder verlassen wollten, in Hawaii auftauchten. Wahrscheinlich landete man dort, wo das Bild zuletzt aufgerufen worden war.

Sie standen vor einem jungen Pärchen, das gerade überlegt hatte, es auch einmal zu probieren. Gern berichteten Hanna und Lars von ihren Erfahrungen: Man war nicht gefangen im Bild, genoss nur die zeitlose Liebe und konnte wieder gehen, wann immer man wollte.

John und Linda, so hießen die beiden jungen Leute, umarmten sich und versenkten sich in das Bild. Schon hatte es sie hineingezogen.

Hanna und Lars beschlossen, sich noch ein wenig die fremde Umgebung anzusehen, bevor sie einen Versuch machten, nach Hause zurückzukehren. Sie checkten in einem der besten Hotels von Honolulu ein. Kein Problem, da sie nicht vorhatten zu bezahlen. Sie würden am Ende einfach durch das Bild verschwinden. Begrüßt wurden sie von einheimischen Hula-Tänzerinnen, von denen jede aussah wie Tia Carrere in der Blüte ihrer Jugend. Lars bewunderte die Tänzerinnen ausgiebig, wie sie es verdienten. Das war in Ordnung. Allerdings passte er aber auch auf, es nicht zu übertreiben, damit er Hannas Gefühle nicht verletzte. Ein Drahtseilakt, den er gut hinbekam.

Sie genossen noch ein paar Tage die Strände, dann hatten sie keine Lust mehr und planten ihre Rückkehr.

Dabei ließen sie es nicht auf einen Zufall ankommen, sondern riefen einen Nerd an, der bei ihnen um die Ecke wohnte, und baten ihn, das Bild genau in zehn Sekunden aufzurufen. Sie betraten das Bild und verließen es zehn Sekunden nach dem Anruf. Sie befanden sich im Zimmer des Nerds.

Der wollte natürlich wissen, wie das ginge, und sie erklärten es ihm. Er wollte es auch mal probieren, aber es scheiterte daran, dass er keine Partnerin hatte, die ihn liebte. So funktionierte das Bild eben: nur für Liebespaare.

Es hatte so gut geklappt, dass Hanna und Lars noch weitere Exkursionen unternahmen. Alles wurde in den Social Media gepostet und die Follower ahmten es nach.

Leider gab es auch schwarze Schafe unter den Nachahmer*innen. Heidi und Aki bestritten ihren Lebensunterhalt mit Einbrüchen. Unbemerkt in die Objekte einzudringen stellte ihr größtes Problem dar. Das wurde jetzt leichter. Heidi verschaffte sich Zutritt zu einer vornehmen Villa, indem sie sich als Bevollmächtigte für die gesetzlich vorgeschriebene Volksbefragung ausgab. Sie ging mit der Hausherrin die Unterlagen durch, bis sie angab, auf die Toilette zu müssen.

„Am Eingang rechts", wurde ihr mitgeteilt und sie begab sich auf den Weg dorthin. Auf dem Weg fand sie ein Versteck für ein mitgebrachtes Smartphone mit Timer, das sie dort deponierte. Das Smartphone schaltete sich zum programmierten Zeitpunkt in der Nacht ein und rief das Bild auf. Das Pärchen hatte da bereits das Bild zu Hause betreten und verließ es zum programmierten Zeitpunkt. So landeten sie unbemerkt in der ansonsten gut gesicherten Villa. In aller Ruhe suchten sie sich die wertvollsten Gegenstände heraus und verließen den Tatort wieder durch das Bild. Eigentlich ganz einfach und effizient.

Das Bild spielte sich nicht als moralische Instanz auf, auch nicht Viola und Georg. Wer sich aufrichtig liebte, konnte ins Bild hinübertreten. Dass Heidi und Aki in der normalen Welt Straftaten begingen, wobei sie sich des Bildes bedienten, spielte in der Traumwelt des Bildes keine Rolle. Hier galten andere Gesetze.

Regina und Martin

Die Polizei war zunächst ratlos. Auf die richtige Spur führte sie letztlich das von Heidi und Aki zurückgelassene Smartphone. Die IT-Abteilung wurde darauf angesetzt und es gelang ihnen, die letzten Aktivitäten des Gerätes zu rekonstruieren. Recherchen in der Internet-Community führten zu der Erkenntnis, dass das Bild der Schlüssel zur Tat war. Die Zurückverfolgung der IP-Adresse führte nicht zum Erfolg, da die Verbrecher inzwischen die Basis gewechselt hatten. Man würde ihnen möglicherweise über die Hehler auf die Spur kommen, aber dieser Weg führte nur selten zum Erfolg.

Vor allem bestand nun die Gefahr, dass sich das Ganze herumsprechen und Nachahmungstäter anlocken könnte. Man musste etwas dagegen tun, am besten das Bild überwachen. Es würde wahrscheinlich schon reichen, den Zugang zum Bild zu kontrollieren. Beamte müssten dort im Bild positioniert werden. Wie inzwischen bekannt geworden war, konnten allerdings nur Liebespärchen das Bild betreten.

So ein Pärchen müsste sich doch bei der Polizei finden lassen! Allerdings: Regina und Martin waren jung, frisch verheiratet und verrichteten ihren Dienst bei der Bereitschaftspolizei. Gerade saßen sie sich in der Dienststube gegenüber und stöhnten über ihre langweilige Arbeit. Regina fragte ihren Mann:

„Was machst du gerade?"

Martin antwortete wahrheitsgemäß:

„Nichts."

„Und woran denkst du?"

„Nichts."

Das war wirklich erstaunlich. Woran die Yogis mit den kompliziertesten Übungen arbeiteten, gelang ihm mühelos: die völlige Leerung des Gehirns.

„Das mache ich auch gerade. Soll ich dir was zu tun abgeben?" hakte Regina nach.

„Nein, danke. Ich bin noch eine Weile mit dem beschäftigt, was ich mache. Bin noch nicht ganz fertig."

Damit keine Missverständnisse entstehen: Martin hatte sich durchaus als fleißiger Mitarbeiter erwiesen. Aber so hart er auch arbeitete, so konsequent nahm er seine Ruhepausen, wenn die Zeit es zuließ.

Da betrat ihr Vorgesetzter den Raum und fragte sie, ob sie nicht Lust hätten, für ein paar Monate etwas ganz anderes zu machen.

Es überrascht nicht gerade, dass die beiden einverstanden waren, mit einem Sonderauftrag betraut zu werden. Alles war besser als dieser öde Alltagstrott.

Der Auftrag, Violas Porträt zu überwachen, hörte sich gut an.

Hinzu kam: Als Pärchen eng zusammenzuarbeiten, lockte sie sehr. So wurden sie zuständig für die Überwachung von

Violas Porträt. Sie luden das Bild zuhause auf den Schirm, sahen sich tief in die Augen, dann auf das Bild und umarmten den Computer. Schon waren sie im Bild und bezogen dort Posten. Sie trugen dabei Uniform und stellten sich demonstrativ neben Viola und Georg.

Denen gefiel das nicht.

„Damit wirkt das Bild ja wie ein Gefängnis!", protestierte Viola.

„Wir wollen doch nur Verbrecher abschrecken", verteidigte sich Regina.

Martin fügte hinzu:

„Was wollt ihr dagegen tun?"

Georg entgegnete:

„Wir könnten euch übermalen."

„Und was, wenn wir euch zuerst übermalen?", stichelte Martin.

„Das wird euch nicht gelingen. Dies ist mein Bild. Ich habe die Gestaltungshoheit. Nichts geschieht hier, was ich nicht will", stellte Georg klar.

„Das ist ja Diktatur!", schmollte Martin.

„Keineswegs!", stellte Georg klar. „Ihr seid hier bei mir zu Gast. Ich erfülle euch jeden Wunsch, aber ihr müsst euch entsprechend benehmen."

„Na gut!", lenkte Martin ein. „Dann werden wir uns eben im Gebüsch verstecken. So wird das Bild nicht gestört und wir können trotzdem sehen, wer kommt und geht."

Damit waren Viola und Georg einverstanden.

Natürlich wurden sie von den Besuchern des Bildes auch gesehen. Schnell sprach es sich in den Medien herum, dass die Polizei das Bild überwachte. Das schreckte viele Übeltäter ab. Andererseits wussten diejenigen, die schon einmal im Bild waren, dass dort die Gesetze der Physik nicht galten. Man bewegte sich wie ein Geist. Man spürte die Anwesenheit der anderen Geister intensiv, aber doch eben nur spirituell, konnte sie nicht berühren und nicht auf normale Weise mit ihnen sprechen.

Infolgedessen konnte man dort auch nicht festgenommen werden. Allerdings konnten die Polizisten ein Verbrecherpärchen beim Verlassen des Bildes verfolgen und die beiden außerhalb desselben dingfest machen. Dazu mussten sie allerdings den Verbrechern folgen, wohin auch immer die ausstiegen. Eine andere Möglichkeit bestand darin, die Verbrecher aufgrund ihres Äußeren zu identifizieren oder, wenn sie sich verkleidet hatten, den Spuren ihrer Kommunikation nachzugehen. Schließlich verständigte man sich hier telepathisch, wobei nicht viele Geheimnisse offen blieben.

Also ließen Regina und Martin ihren Computer durch einen Timer ausschalten, sobald sie das Bild betreten hatten. So erreichten sie, dass sie nicht nach Hause zurückkehrten, sondern bei dem Computer, der zuletzt das Bild aufgerufen hatte.

Aki und Heidi kannten sich inzwischen aus. Bei ihrem nächsten Einbruch mittels des Bildes trugen sie Masken, um nicht von den Polizisten im Bild erkannt zu werden.

Sie hatten ihren Computer von einem Timer einschalten lassen und verließen das Bild zur programmierten Zeit. So landeten sie beim Verlassen des Bildes zu Hause.

Das Bild funktionierte nicht wie ein Raum mit einer Tür. Man konnte es jederzeit an jedem Ort verlassen, indem man sich einfach in der Geisterwelt auflöste und in der äußeren Welt wieder materialisierte – eben dort, wo das Bild zuletzt aufgerufen worden war. Dabei handelte es sich nicht um eine plötzliche Aktion, sondern einen zeitlupenartigen Vorgang. Als Regina und Martin die Flucht der Gauner bemerkten und versuchten, ihnen zu folgen, hatten diese einen Zeitvorsprung und konnten ihren Computer sofort ausschalten.

Regina und Martin landeten also ganz woanders als Aki und Heidi. Diesmal waren die beiden entkommen. Enttäuscht sahen die Jäger sich an. Regina meinte:

„Dafür die ganze Warterei im Bild?! Für nichts und wieder nichts! Wir stehen da nur so rum. Woran denkst du eigentlich während der ganzen Zeit?"

„An nichts", behauptete Martin. Na gut, darin hatte er ja schon Erfahrung. Und was soll man als Geist auch schon anderes tun?

Diese Aktion war zunächst gescheitert. Also kehrten die Polizisten ins Bild zurück und hielten dort wieder Wache.

Man recherchierte noch, von wo zum fraglichen Zeitpunkt auf das Bild zugegriffen worden war, fand tatsächlich den Ort, aber wieder waren die Vögel bereits ausgeflogen.

Das Bild zu sperren, wäre eine Möglichkeit der Vorbeugung, aber das hätte bedeutet, die Kultur zu beschränken, nur weil sie missbraucht wurde. Es musste auch anders gehen. Die Polizei installierte auf dem Server ein Programm, das jeden Zugriff auf die Seite mit dem Bild registrierte und die IP-Adresse mit einer Postadresse verknüpfte. So konnte im Fall einer Straftat der Täter leichter identifiziert werden.

Tatsächlich ließen die Straftaten im Zusammenhang mit Violas Porträt langsam nach. Neben der Präsenz der Polizisten war wohl auch eine Ursache, dass die wenigsten Liebespaare, die sich wirklich liebten, ihre Liebe in Zusammenhang mit einem Verbrechen bringen wollten.

Schließlich erhob sich die Frage, ob man die Polizisten nicht wieder abziehen sollte. Ihr Chef befragte Regina und Martin, wie sie das sähen:

„Glaubt ihr, dass eure Anwesenheit noch viel bringt?"

Regina brachte es auf den Punkt:

„Vor allem ist es langweilig. Fast noch langweiliger als der gewöhnliche Dienst."

„Was macht ihr denn da so den lieben langen Tag?", wollte der Chef schließlich noch wissen.

Martins Antwort kam wie aus der Pistole geschossen: „Nichts"

„In dem Fall halte ich es dann doch für besser, wenn ihr wieder normal Dienst schiebt", schloss der Chef das Gespräch.

Violas Porträt wurde wieder sich selbst überlassen.

Das Internet ist schnelllebig. So schnell das Bild viral gegangen war, so schnell trat es wieder in den Hintergrund.

Susanne und Ludwig

Wenn das Bild auch seltener aufgerufen wurde, so kam es doch immer wieder vor. So zum Beispiel von Susanne und Ludwig. Und dazu kam es auf folgende Weise.

Die beiden arbeiteten als Assistenzärzte im Kreiskrankenhaus der Stadt und hatten sich dort kennen- und lieben gelernt, obwohl sie kaum Zeit füreinander hatten.

Ständig waren sie überlastet, machten Überstunden, Schichtdienst und wurden mit Arbeit eingedeckt, auch wenn sie keine Kapazitäten frei hatten.

Sie hatten kaum Freizeit und schon gar nicht gleichzeitig. Dabei war das Wetter so schön. Zumindest empfanden sie es so: strahlend blauer Himmel und Sonnenschein. Die Landwirtschaft andererseits ächzte unter der wochenlangen Dürre.

Endlich bekamen sie einen gemeinsamen freien Tag. Sie planten einen Wanderausflug aufs Land und freuten sich die ganze Zeit darauf. Dann kam der Tag und – Regen! Das durfte doch nicht wahr sein! Der von der Landwirtschaft so lange herbeigesehnte Regen kam natürlich genau an diesem Tag.

„Dabei hat doch der Wetterbericht keinen Niederschlag vorhergesagt!", protestierte Susanne.

„Vielleicht hat Petrus den Wetterbericht nicht gelesen oder sich einfach nicht daran gehalten", versuchte Ludwig zu erklären.

Offenbar hatte das Wetter ausgerechnet sie beide ärgern wollen. Hier lag ein Phänomen vor. Sie gingen zur Krankenhausverwaltung, um die Sache zur Sprache zu bringen. Ludwig behauptete:

„Sie könnten viel für die Landwirtschaft tun, wenn Sie uns öfter mal einen Tag gemeinsam frei geben würden. Dann gibt es an diesen Tagen garantiert Regen."

Merkwürdigerweise nahm man ihn nicht ernst.

Die Arbeitslast wurde eher noch größer.

Ihr einziger Ausweg: Sie aßen Schokolade. Das half. Na klar: wegen des in der Schokolade enthaltenen Tryptophans, woraus der Körper Serotonin bildete, das wiederum im Gehirn für gute Laune sorgte.

Um sich die Unmengen an Schokolade leisten zu können, griffen sie oft auf Sonderangebote zurück. Einmal hatten sie nicht aufgepasst und einen riesigen Posten Schokolade gekauft, weil er unglaublich billig war. Zu Hause kam das böse Erwachen.

„Sieh' mal!", rief Susanne. Diese Schokolade ist ja nur noch bis heute haltbar. Da haben wir nicht aufgepasst. Wir haben uns verkauft."

„Aber warum denn?", beruhigte sie Ludwig. „Wie ich uns kenne, schaffen wir das mit Leichtigkeit. Schließlich sind wir zu zweit!"

Sie taten ihr Bestes und fühlten sich wohl dabei. Als es nicht mehr ging, hörten sie auf. Sie hatten es doch nicht an einem Tag geschafft. Aber halb so wild! Die Schokolade wurde nicht von einem Tag auf den anderen schlecht. Sie zehrten noch länger davon.

Schokolade essen: Viel mehr konnten sie gegen ihre Überlastung nicht tun. Ihr Vorschlag, doch mehr Personal einzustellen, wurde von ihrem Chef, Herrn Professor Brockenfeld, kategorisch abgelehnt:

„Das ist finanziell von uns nicht zu bewältigen. Wir müssen sparen."

Susanne flüsterte Ludwig zu, als sie allein waren:

„Warum fängt er nicht bei sich selbst an zu sparen? Muss er denn unbedingt einen Porsche fahren?"

Ludwig flüsterte zurück:

„Der ist eindeutig überbezahlt. Dabei tut er ja überhaupt nichts weiter, als die Pläne seiner Assistenten abzusegnen, nachdem er alle Listen noch zur Genüge verschlimmbessert hat."

Susanne zuckte die Schultern:

„Mit ihm als Chef werden wir wohl alle untergehen."

Auf einen besseren Chef zu hoffen, wagten sie nicht. Erstens klebte Brockenfeld an seinem Stuhl und zweitens mussten sie damit rechnen, dass sein Nachfolger noch schlimmer sein würde. Rationalisierung galt nun einmal als modern.

Brockenfeld sparte besonders an einer Stelle: bei den Patienten. So hatte er bei der Chefvisite eine Patientin, Frau Maier, zur Entlassung freigegeben, obwohl ihr Krebs nicht ausgeheilt war.

Susanne wagte zu widersprechen:

„Sollten wir die Patientin nicht noch einmal operieren? Die Röntgenaufnahme zeigt noch einige Schatten."

Der Professor schob den Einwand unwirsch beiseite:

„Da kann man auch nichts mehr tun. Das Bett bekommt eine Privatpatientin."

Susanne und Ludwig entschlossen sich zu einer Verschwörung. Sie würden Frau

Maier selbst operieren. Sie brachten die Patientin in einen leerstehenden OP-Saal und verbarrikadierten die Tür. Dann begannen sie die OP, wobei sie sich gegenseitig assistierten.

Die Lage war schlimmer als vermutet, sogar lebensbedrohlich. Die Patientin erlitt einen Herzstillstand. Susanne und Ludwig starteten sofort die Wiederbelebung. Susanne legte die Paddles an, rief "Weg!", und schockte die Patientin. Ludwig hatte das schon so oft erlebt, dass er die Routine kaum noch wahrnahm und, übermüdet, wie er war, nicht ordentlich zurücktrat. So bekam er einen ordentlichen Stromschlag, der ihn umwarf. Er öffnete jedoch gleich wieder die Augen, während Susanne sich besorgt über ihn beugte. Sie stammelte:

„Ich dachte schon, du wärest tot!"

„Mach dir keine Sorge!", lächelte Ludwig schwach. „Der Stromschlag hat zwar mein Herz lahmgelegt, aber ich bin ein biologisches Wunder: Ich habe zwei Herzen!"

„Na, wenn du schon wieder Witze machen kannst, muss es dir ja gut gehen" jubelte Susanne.

Die Patientin hatte jetzt auch wieder einen Sinusrhythmus und sie konnten daran
gehen, sie wieder zuzumachen.

Sie waren fast fertig, da polterte jemand
gegen die Tür. Ihr Vorhaben war aufgeflogen. Draußen stand ihr Chef und schäumte
vor Wut:

„Wenn Sie nicht sofort öffnen, rufe ich
den Sicherheitsdienst!"

„Tun Sie das", antwortete Susanne ru-
hig.

Sie versorgten noch die OP-Wunde zu
Ende. Ludwig legte der Patientin die Hand
auf die Stirn und sagte:

„Gott sei mit dir!"

Dann sahen Susanne und Ludwig sich
zufrieden an. Ihre gute Tat war getan und
nun würde die Abrechnung folgen. Sie hat-

ten keine Lust, sich dem zu stellen und erinnerten sich an den Mythos von Violas Porträt. Sie riefen das Bild am Computer auf und ließen sich gemeinsam darauf ein, bis sie darin aufgegangen waren.

Als der Sicherheitsdienst die Tür aufbrach, fand man nur noch die Patientin vor. Da sie nun einmal operiert war, kam sie wieder auf die Station. Alles war in Ordnung.

Désirée und Ansgar

Ansgar fühlte sich immer unwohl, wenn er allein an seinem Tisch im Hotelrestaurant sein Frühstück einnahm. Aber so war es am einfachsten. Schließlich verwaltete er das Hotel, das zur Hotelkette seiner Eltern gehörte.

Heute war es anders. Er genoss sein Frühstück. An diesem Tag begann Désirée ihren Dienst und würde ihn bedienen. Er schwebte auf Wolke sieben. Vor zwei Wochen hatte er sie selbst eingestellt und hatte sich beim Vorstellungsgespräch sofort in sie verliebt. Natürlich hatte er sich nichts anmerken lassen.

Auch jetzt beim Frühstück blieb er ganz sachlich, als sie ihn bediente, erwiderte ihr freundliches Lächeln höflich, aber machte keine Anstalten, mit ihr zu flirten. Er hätte das als unprofessionell empfunden.

Eines konnte Ansgar jedoch tun: Er sorgte immer wieder dafür, dass Désirée befördert wurde. Bald hatte sie die Aufsicht über das ganze Restaurant. Kein Problem für sie bei ihrer Intelligenz. Nun ergab es sich ganz natürlich, dass er bei Besprechungen öfter in Kontakt mit ihr kam. Ab und zu gab es sogar Gespräche zu zweit.

Bei einem dieser Gespräche blickte er ihr tief in die Augen und – siehe da! – sie wich seinem Blick nicht aus. Das war ein Zeichen. Er wagte jetzt, sie zum Abendessen einzuladen und sie nahm die Einladung an.

Sie gingen im Anschluss an das Abendessen noch in ein Tanzcafé. Ansgar wollte eigentlich nur noch ein wenig mehr Zeit mit Désirée verbringen und hatte nicht damit gerechnet, dass Désirée tatsächlich tanzen wollte, als er sie höflicherweise aufforderte. Das hätte er sich nicht gewünscht, da er in der Tanzschule als der Schrecken der Tanzfläche gegolten hatte.

So dauerte es auch nicht lange, bis er Désirée auf den linken Fuß getreten hatte.

„Autsch!", entfuhr es Desirée.

Ansgar entschuldigte sich und fragte, ob sie sich wieder setzen sollten.

„Auf keinen Fall!", protestierte Désirée. „Ich habe zwei Füße. Du musst mir erst noch auf den anderen Fuß treten, sonst laufe ich schief herum."

Sie amüsierten sich also weiter.

Dieser ersten Einladung folgten weitere und die beiden kamen sich näher.

Eines Tages küssten sie sich beim Abschied und seit dem Zeitpunkt konnte als gesichert gelten: Sie waren zusammen.

Das wiederum blieb Ansgars Familie nicht verborgen, die andere Pläne mit ihm hatte: Er sollte die Erbin einer anderen Hotelkette heiraten, so dass die beiden Unternehmen langfristig fusionieren könnten. Die Idee stammte von Gernot, Ansgars Großvater und Patriarch der Familie, der die Hotelkette aus dem Nichts aufgebaut hatte. Er hatte alles mit dem Inhaber der anderen Kette abgesprochen und bestand darauf, dass es so zu geschehen hätte.

Ansgar rebellierte und sie drohten ihm, ihn fallenzulassen. Er würde auf der Straße landen.

Nunmehr glaubte er, Désirée in seine Situation einweihen zu müssen. Er erzählte ihr davon und schloss mit den Worten:

„Wenn wir heiraten wollen, werden wir es gegen den Willen meiner Familie tun müssen."

Désirée antwortete:

„Woher weißt du, dass ich dich überhaupt heiraten will?"

Er meinte darauf:

„Wir sind mittlerweile so vertraut miteinander, dass ich davon ausgegangen bin. Aber wenn du etwas dagegen hast, so sag es nur!"

„Nein, nein!", beruhigte sie ihn. „Ich habe nur Spaß gemacht."

Damit war alles geklärt und sie küssten sich ausgiebig.

Ansgars Familie blieb nicht untätig.

Hildegard, Gernots Tochter und Ansgars Mutter, passte Désirée eines Morgens auf dem Weg zur Arbeit ab und machte ihr Vorwürfe:

„Wie können Sie es wagen, meinen Sohn Ansgar zu verführen?! Er hätte eine glänzende Zukunft vor sich, wenn er geschickt heiraten würde. Das drohen Sie jetzt alles zu zerstören! Nur weil sie gerade empfängnisbereit sind!"

„Was geht Sie meine Empfängnisbereitschaft an? Wenn ich gewollt hätte, wäre Ansgar schon lange Vater geworden. Aber das bleibt unsere Entscheidung."

„Wagen Sie das nicht! Wir würden nie ein Kind von Ihnen in unserer Familie akzeptieren!"

„Sie sind auch nicht die Großmutter, die wir uns für unsere Kinder wünschen würden. Sie haben ja keinerlei Liebe in sich."

„Von wegen Liebe: Davon haben Sie doch gar keine Ahnung! Wenn Sie meinen Sohn wirklich lieben würden, würden Sie ihm doch eine bessere Frau als sich selbst wünschen, nicht wahr?"

Désirée war zwar still, aber trotzdem selbstbewusst. Sie antwortete, ohne eine Miene zu verziehen:

„Sie sind diejenige, die Ansgar nicht liebt. Wenn Sie Ihren Sohn lieben würden, würden Sie seiner Liebe nicht im Weg stehen. Sie haben ein Herz aus Stein!"

Damit wandte sie sich ab und ging weiter. Ansgars Mutter rief ihr hinterher:

„Das werden Sie bereuen!"

Ihr Hass auf Désirée hatte sich noch verstärkt, wenn das überhaupt möglich war.

Die Skrupellosigkeit von Ansgars Familie ging so weit, dass sie einen Killer engagierten, der Désirée aus dem Weg räumen sollte. Oberstes Gebot dabei: Ansgar selbst durfte kein Haar gekrümmt werden.

Nur Ansgars Vater hielt zu seinem Sohn, konnte aber die Aktivitäten der Familie nicht verhindern. Er konnte nicht mehr tun, als Ansgar vor dem Anschlag zu warnen.

Ansgar wiederum sprach mit Désirée und sie besorgten ihr eine kugelsichere Weste, die sie ab jetzt unter ihrer Kleidung trug.

Sie sollte sich als nützlich erweisen. Ein paar Tage später wurde nach Dienstschluss auf Désirée geschossen, als sie mit Ansgar das Gebäude verließ. Die Weste rettete ihr Leben. Désirée und Ansgar flohen zurück ins Hotel, schlossen sich in Ansgars Büro ein und überlegten, was zu tun sei.

Zuerst dachten sie an einen gemeinsamen Selbstmord wie Romeo und Julia, aber dann fiel ihnen die Geschichte von Violas Porträt ein, der Zuflucht der verfolgten Liebenden. Ansgar hatte das Bild in seinem Büro hängen, als Symbol der ewigen Liebe. Jetzt konnten sie es nutzen. Dort würden sie Sicherheit finden. Sie traten vor das Bild, umarmten sich und ließen sich hineinziehen.

Viola und Georg begrüßten sie. Georgs Stimme ertönte in ihren Gedanken:

„Kommt nur herein! Wir haben euch schon erwartet, nachdem wir euch die letzte Zeit beobachtet hatten. Versteckt euch hier im Botanischen Garten, damit man euch nicht im Bild sieht!"

Désirée und Ansgar taten, wie ihnen geheißen wurde. Georg kam ihnen nach und fuhr fort:

„Ihr dürft nicht aufgeben! Kehrt an einem anderen Ort in die Welt zurück! Ich werde euch dabei helfen. Nehmt dann dort eine andere Identität an!"

Sie verstanden die Botschaft gut. Hier im Bild würden sie nur als Geistwesen existieren. Sie könnten keine Kinder bekommen. So würden sie ihr ganzes Leben verpassen, das ja noch vor ihnen lag.

Also folgten sie dem Ratschlag und begannen an einem anderen Ort noch einmal von vorn. Ansgars fürchterliche Familie hatte ihre Spur verloren und fand sie nie wieder.

Die beiden eröffneten ein kleines Blumengeschäft. Ihre Geschäftsidee: Sie holten sich die schönsten Blumen aus dem Botani-

schen Garten im Bild. Viola und Georg
malten die gepflückten Blumen immer auf
wundersame Weise nach. Die gemalten
Blumen standen den natürlichen in keiner
Hinsicht nach, im Gegenteil: Sie waren in
ihrer Originalität einzigartig. Die Kunden
zeigten sich bereit, jeden Preis dafür zu
bezahlen. Das Geschäft brummte.

Désirée und Ansgar blieben in der normalen Welt, bekamen vier Kinder und
wurden glücklich.

Marie und Theo

„Wusstest du, dass Marie was mit dem Chef hat?", fragte Hanna ihre Kollegin Chantal.

„Nein, wusste ich nicht. Na, so etwas! Das hätte ich nie gedacht", antwortete Chantal.

„Eigentlich ist es doch klar. Was meinst du, wie sie sonst an ihre Juniorprofessur gekommen wäre? Und dafür hat sie es natürlich auch mit anderen treiben müssen. Der Chef war sicher nicht der Einzige. Sie hat sich hochgeschlafen. Aber erzähl es nicht weiter!"

Chantal bedankte sich für die Information und beeilte sich, sie weiter herumzuerzählen.

Als Marie ins Institut kam, wunderte sie sich, dass ihr Gruß von keinem erwidert wurde. Keiner sagte ihr, was los war, aber alle glaubten die bösen Gerüchte.

Kurz darauf flog auf, dass Hanna, die die Finanzen des Instituts verwaltet hatte, in die eigene Tasche gewirtschaftet haben sollte. Die nachfolgende Untersuchung belegte tatsächlich Untreue und Hanna wurde gefeuert.

Jeder glaubte, dass Marie die Sache aufgedeckt hätte – als Rache für Hannas Verleumdungen. In Wirklichkeit wusste Marie gar nichts von den Verleumdungen und Hanna war durch eine Rechnungsprüfung aufgeflogen. Aber wie das nun einmal ist: Die Wahrheit verbreitete sich nicht, die Verdächtigungen blieben. Eine saftige Verleumdung erzählt sich einfach besser als langweilige Fakten. Keiner sprach mehr mit Marie. Sie wurde geschnitten.

Ein neuer Professor trat in das Institut ein: Richard Meister. Er hatte durch eine Abhandlung Karriere gemacht, die Marie bekannt vorkam. Es dauerte nicht lange, bis ihr einfiel, warum. Sie hatte vor einiger Zeit eine ähnliche Arbeit von einem Professor Escher gelesen. Eindeutig derselbe Stil und dieselbe Thematik, nur ein anderer Aspekt. Auffällig war indes, dass Escher von Meister überhaupt nicht zitiert wurde. Marie hätte Meisters Arbeit eindeutig für eine von Escher verfasste gehalten. Wie konnte das sein?

Sie wurde neugierig und wollte Meister vorsichtig zu der Sache zu befragen. Natürlich fiel sie nicht mit der Tür ins Haus, sondern begann ganz vorsichtig:

„Kennen Sie eigentlich Escher näher?"

Schon polterte Meister los:

„Das ist eine infame Unterstellung! Nehmen Sie das zurück!"

„Was denn?", fragte Marie ganz unschuldig.

„Sie wissen schon, was Sie da andeuten", schimpfte Meister. „Lassen Sie mich damit in Ruhe!"

Woher kam dieser Ausbruch? Offenbar hatte Meister etwas zu verbergen. Das war das Folgende: Er hatte zwar nicht abgeschrieben, wie Marie es vermutet hatte, aber etwas mindestens genauso Schlimmes getan: Er hatte eine fremde Arbeit für seine eigene ausgegeben. Er hatte eben die Arbeit überhaupt nicht selbst geschrieben. Escher hatte sie geschrieben. Eschers Arbeitsgebiet, Eschers Stil, Eschers Forschung und Eschers Arbeit.

Meister hatte sie von Escher geschenkt bekommen. Escher hatte diese Arbeit freiwillig für Meister geschrieben. So etwas! Wie war das möglich? Der Grund spielte keine Rolle. Wahrscheinlich hatte sich Meister als Betthäschen für den guten Professor Escher zur Verfügung gestellt. Dessen Neigungen in dieser Richtung waren ja bekannt.

Jedenfalls konnte jeder, der Eschers Arbeiten kannte und sie mit Meisters einziger nennenswerter Leistung verglich, darauf kommen, dass diese nicht von Meister selbst stammte. Die Wahrscheinlichkeit, dass jemand beide Arbeiten kannte, war jedoch nicht sehr groß. Die wenigsten kannten Meister und selbst Eschers Arbeiten waren nicht so weit verbreitet, dass sie außerhalb seines engen Fachgebietes bekannt waren. Marie stellte eine seltene Ausnahme dar. Dass sie beide kannte und die Arbeit gelesen hatte, stellte einen Zufall dar, mit dem die beiden nicht gerechnet hatten. Solange nicht sie oder jemand anderes ausdrücklich auf die Situation aufmerksam machen würde, drohte Meister keine Gefahr.

Nun befürchtete Meister natürlich, dass Marie ihm auf die Schliche gekommen war, und dass er sie mit seiner Reaktion sogar noch in ihrem Verdacht bestätigt hatte. Er geriet in Panik. Seine gesamte Zukunft war in Gefahr.

Wollte sie ihn erpressen? Dazu würde er es nicht kommen lassen. Er würde sie umbringen, bevor sie irgendjemandem davon erzählen konnte. Er war ein Mann der schnellen Entschlüsse und bereit, danach zu handeln. Sofort folgte er Marie zu ihrem Büro, überraschte sie dort, drängte sie in den Raum zurück und schloss die Tür.

„Was tun Sie da?", stammelte Marie.

„Es tut mir leid, aber ich muss das tun", antwortete Meister, trat auf sie zu und wollte sie erwürgen.

Schon hatte er seine Hände um ihren Hals gelegt. Marie wusste nicht einmal, warum sie sterben sollte. Was sie wusste: Sie wollte nicht sterben. Sie schlug mit aller Kraft Meister auf die Nase, so dass dieser vor Schreck losließ. Marie versuchte zu fliehen und schrie laut um Hilfe. Im Nebenzimmer arbeitete Theo Fischer, ebenfalls Professor am Institut und heimlicher Verehrer von Marie.

Er hörte die Schreie und eilte ins Nebenzimmer, gerade noch rechtzeitig, um Meister, der Marie wieder gestellt hatte und würgte, zur Seite zu stoßen. Der ertappte Bösewicht ergriff die Flucht.

Theo kümmerte sich um Marie, die mit einem Schrecken davongekommen war. Auch er galt als Außenseiter am Institut und die beiden erzählten sich ihre Erlebnisse. Bald waren sie sich einig, dass die meisten anderen Leute am Institut Idioten waren und dass sie sich selbst gegenseitig sehr sympathisch waren.

Wie sollten sie das Leben am Institut aushalten?

„Dass sie mich nicht grüßen und nicht mit mir sprechen, kann ich ja noch hinnehmen", bemerkte Marie im vertraulichen Gespräch. „Aber dass sie mich jetzt schon umbringen wollen, geht eindeutig zu weit. Ich will hier weg!"

Sie wünschten sich, gemeinsam auf eine einsame Insel zu fliehen. Da fiel Theo die Geschichte von Violas Porträt ein, auf die er im Internet gestoßen war. Er erzählte Marie davon und sie beschlossen, gemeinsam ins Bild zu fliehen. Aber dann entdeckte Marie die nicht unerhebliche Information, dass das Bild sich nur für Liebespaare öffnete.

„Was machen wir nun?", fragte Marie.

„Daran sollte es meinetwegen nicht scheitern", wagte Theo schüchtern zu bemerken. Marie errötete, sah ihn verstohlen an und gab ihm dann mutig einen Kuss.

Theo erwiderte den Kuss und sie umarmten sich. Sie hatten sich gefunden: zwei Seelen, die sich verstanden und auf Anhieb zur gegenseitigen Liebe gefunden hatten.

Jetzt war auch die Bedingung für das Betreten des Bildes erfüllt und sie verschwanden gemeinsam dorthin.

Sie wurden gut aufgenommen. Viola teilte ihnen telepathisch mit:

„Wie schön, zwei Wissenschaftler hier zu haben! Ihr werdet sicher kaum erwarten können, Leonardo da Vinci kennenzulernen, der inzwischen auch an unserem Bild mitgewirkt hat."

„Es wäre uns eine Ehre", antwortete Marie. „Er ist ja eins der größten Genies der Menschheit. Wo ist er?"

„Hier bin ich und vielen Dank für das Kompliment", meldete sich Leonardo da Vinci.

„Oh, welche Freude, Sie zu treffen", tönten Maries Gedanken und sie begann, das Genie mit Fragen zu seinen Konstruktionen zu löchern, bis Leonardo da Vinci ihnen erklärte, dass Konstruktion und Zeichnung bei ihm als Gesamtwerk gedacht waren. Sie entsprangen seiner Fantasie und waren weniger zum Nachbau gedacht, als zur Inspiration der Betrachter.

Marie und Theo versuchten sich auch in diesem Metier. So verging die Ewigkeit.

Beate und Jens

Rüdiger bedrängte seinen Vater:

„Ich brauche das Geld! Die Gläubiger sitzen mir im Nacken. Gib mir gefälligst etwas!"

Rüdigers Stiefmutter, Frau Schuster, die daneben stand, protestierte:

„Dann hättest du eben keine Schulden machen dürfen! Du und deine Spielsucht! Geh lieber arbeiten!"

Blinde Wut stieg in Rüdiger auf. Die hatten viel zu viel Geld und gaben ihm nichts, obwohl er es dringend brauchte. Die Typen, bei denen er Schulden hatte, würden ihm die Beine brechen. Seine physische Unversehrtheit war in Gefahr und es kümmerte seine Eltern nicht. Dann brauchte ihn auch nicht ihre physische Unversehrtheit zu kümmern.

In den Kreisen, in denen er verkehrte, war es ratsam, eine Waffe zu tragen, und er trug eine. Nun zog er sie heraus und zielte auf Frau Schuster.

Die lachte nur und rief:

„Mach dich nicht lächerlich, du Schmarotzer! Wenn du nicht sofort verschwindest, rufen wir die Polizei."

Ihr Lachen gab Rüdiger den Rest. Er sah rot und feuerte auf die beiden, bis das Magazin leer war.

„Dann erbe ich das Geld eben!", rief er verzweifelt und wollte sogleich vom Tatort fliehen. Aber dann fiel ihm ein, dass man leicht auf ihn als Mörder kommen würde, wenn man die Leichen hier fand. Gut, dass das Ehepaar Schuster auf einem Wassergrundstück wohnte und die Dunkelheit bereits hereingebrochen war. Er trug die Leichen ans Ufer und warf sie in den Fluss. Die Strömung würde sie woanders hintragen.

Nur hatte er die Kriminalpolizei unterschätzt. Sie hatten die Opfer schnell identifiziert und konnten die ungefähre Stelle ermitteln, an der die Leichen ins Wasser geworfen worden sein mussten. Da sich in der Nähe das Haus der Eheleute Schuster befand, vermuteten sie dort den Tatort.

Kommissar Jens Schulte hatte die Untersuchungen übernommen. Zuerst hatte er die Alibis aller Familienangehörigen untersucht. Rüdiger hatte keins, aber das machte ihn noch nicht zum Täter. Beate, die Tochter der Schusters, behauptete, bei einem Treffen mit mehreren Freundinnen gewesen zu sein. Sie bot Kommissar Schulte an, ihm diese Freundinnen vorzustellen. So fuhr der Kommissar sie von Freundin zu Freundin und befragte diese. Alle bestätigten Beates Alibi. Eine fügte hinzu:

„Sie hat zwar ein Alibi, aber keinen festen Freund. Vielleicht sollten Sie sie mal unter dem Gesichtspunkt näher unter die Lupe nehmen!"

Beate errötete und der Kommissar, selbst noch ein junger Mann und ganz ansehnlich, murmelte etwas wie:

„Das würde ich tatsächlich gern mal tun."

Aber er sagte es so undeutlich, dass man ihm keinen Strick daraus drehen konnte. Ja, er hatte sich in die hübsche junge Verdächtige verguckt und sich nur nicht getraut, in den Verdacht der Befangenheit zu geraten. Jetzt aber, da Beate ein wasserdichtes Alibi besaß, wagte er es, sie zum Abendessen einzuladen.

„Dürfen Sie das überhaupt? Ich bin doch eine Verdächtige", fragte Beate denn auch ganz überrascht.

„Ja, Sie sind nämlich ab heute aus dem Kreis der Verdächtigen ausgeschlossen", antwortete Kommissar Schulte.

Sie hatten also ein Date und es wurde mehr daraus. Zum Abschied küsste Jens Beate und sie verabredeten sich gleich wieder für den nächsten Abend.

Inzwischen war der wahre Tatort gefunden worden und die Spurensicherung hatte ihre Arbeit aufgenommen. Dabei waren auch zahlreiche Überwachungskameras gefunden worden.

Da Rüdiger nicht nur skrupellos, sondern auch strohdumm war, hatte er seine Spuren nicht sorgfältig genug verwischt. Die Eltern, die viel Geld besaßen, hatten überall im Haus Überwachungskameras angebracht, zumeist verborgene. Ihrem Sohn Rüdiger hatten sie nichts darüber erzählt, so dass dieser nicht ahnte, dass er gefilmt wurde, als er sich die Auseinandersetzung mit seinen Eltern ums Geld lieferte, in deren Verlauf er seine Eltern erschoss. Nach der Ermittlung des Tatorts wurden die Aufnahmen von der Polizei gefunden und dem Kommissar vorgelegt.

Jens Schulte setzte sich vor den Bildschirm. Aufmerksam studierte er die Bilder der Überwachungskameras vom Tatort. Da: Deutlich sah er den Täter. Kein Zweifel möglich. Er erkannte ihn.

„Den hatte ich schon die ganze Zeit im Verdacht!", rief er.

Damit war der Fall gelöst. Zufrieden klappte er die Akte zu. Dieser Fall war ihm besonders wichtig gewesen, zumal er sich in Beate verliebt hatte.

Aber nun entfaltete sich vor ihm erst das ganze Drama: Das Ehepaar Schuster war von ihrem eigenen Sohn Rüdiger ermordet worden.

Jens konnte jetzt Rüdiger Schuster, dem Halbbruder von Beate, den Doppelmord zweifelsfrei nachweisen. Dieser Rüdiger, ein Sohn aus Herrn Schusters erster Ehe, war ein unsympathischer Mensch mit einer schwer gestörten Persönlichkeit, verfügte über keinerlei Impulskontrolle und brauchte immer Geld. Geldgier war ja denn auch das Motiv für den Mord gewesen.

Jens reagierte sofort und schrieb Rüdiger zur Fahndung aus. Für ihn ergab sich jetzt jedoch noch das Problem, wie er seiner Beate beibringen sollte, dass ihr Halbbruder der Mörder ihrer Eltern war.

Diese Last sollte ganz unerwartet von seinen Schultern genommen werden. Beate hatte die Wahrheit nämlich gerade in diesem Moment von ihrem Bruder selbst erfahren, als dieser sich mit ihr im Wohnzimmer der Eltern traf und ihr verkündete, dass er seine Eltern erschossen hätte und sie nun auch erschießen würde, um Alleinerbe zu werden.

Die Ereignisse überstürzten sich. Die von Jens eingeleitete Handyortung lokalisierte Rüdiger. Die Funkzelle, in der sich sein Handy eingewählt hatte, lag im Umkreis der Wohnung des ermordeten Ehepaares. Dort musste er sein! Jens brach schnellstens mit ein paar Polizisten zu Rüdigers Verhaftung auf. Er kam gerade noch rechtzeitig, um dessen dritten Mord zu verhindern. Die Beamten hatten sofort die Wohnungstür aufgebrochen und standen nun im Wohnzimmer dem Täter gegenüber. Jens erfasste die Situation mit einem Blick.

„Hände hoch!", befahl er Rüdiger. „Lassen Sie die Waffe fallen!"

Der überraschte Rüdiger warf tatsächlich die Pistole weg und ließ sich widerstandslos festnehmen.

Sie wollten ihn gerade abführen, da rief Beate:

„Stopp!"

Sie hatte schnell die weggeworfene Schusswaffe aufgehoben und zielte damit auf Rüdiger.

„Du hast meine Eltern getötet und auch mich töten wollen! Jetzt töte ich dich", stieß sie hervor.

Alle erstarrten vor Schreck. Jens blieb nichts anderes übrig, als nunmehr auf Beate zu zielen und zu rufen:

„Tu das nicht! Das ist er nicht wert. Lass die Waffe fallen, Beate!"

Während er noch mit sich rang, was er tun sollte, drückte Beate bereits ab. Sie stand nur zwei Schritte von Rüdiger entfernt und schoss ihm direkt in den Kopf. Er war sofort tot. Der ermordete Mörder sackte zu Boden.

Für einen finalen Rettungsschuss war es jetzt zu spät. Entsetzt ließ Jens seine Pistole sinken und Beate brach weinend zusammen. Jens entwaffnete sie und half ihr auf. Dann musste er seine Freundin festnehmen und abführen.

Was sollte er nur tun? Er hatte eine Idee.

„Führ' mich ins Arbeitszimmer deiner Eltern!", sagte er tonlos.

Zu den anderen Beamten meinte er:

„Ich will nur schnell etwas überprüfen. Geht schon mal vor!"

Nun ließ er sich von Beate führen. Sie ging voran und er folgte ihr.

Im Arbeitszimmer stand ein Computer, den Jens einschaltete. Er rief Violas Porträt auf, erklärte Beate, was damit möglich war, und fragte:

„Willst du mit mir in das Bild fliehen?"

Beate nickte stumm und sie versenkten sich gemeinsam in das Bild und verschwanden darin.

Dort begegneten sie Viola und Georg. Während Viola sie freundlich empfing, gab Georg zu bedenken:

„Beate ist eine Mörderin. Können wir sie wirklich hier in unserem Paradies aufnehmen?"

Violas Gedanken strahlten Liebe aus:

„Dies ist ein Bild der Liebe, nicht der Gerechtigkeit. Es ist nicht unsere Aufgabe zu urteilen. Wir alle hier sind nur Geister und als solche können wir kein Unrecht begehen. Mach dir keine Sorgen!"

Beates Selbstjustiz spielte in dem Fall keine Rolle. In das Bild konnten Menschen, die sich liebten. Das war das Entscheidende: Beate und Jens liebten sich.

Ines und Eugen

Es traf Eugen wie ein Blitz aus heiterem Himmel: In der Buchhandlung sah er seine Traumfrau. Genauso hätte er sie sich vorgestellt, wenn er ein Bild vor Augen gehabt hätte. Natürlich hatte er kein Bild von ihr im Kopf gehabt, aber das, was mit ihm geschah, ähnelte dem Wiedererkennen der platonischen Urbilder in der Realität.

Ihr Gesicht strahlte vor Freundlichkeit und Liebenswürdigkeit und ihm schien, als hätte er sein ganzes Leben nur auf sie gewartet. Es war Ines, die dort als Verkäuferin arbeitete. Sie bemerkte seinen entgeisterten Blick, lächelte, ging durch den Raum und durch die umstehenden Kunden geradewegs auf ihn zu und sagte:

„Hallo! Willkommen in der Lyrik-Abteilung. Kann ich etwas für Sie tun?"

Einen Augenblick rang Eugen noch um Fassung, aber dann fing er sich und stieß hervor:

„Ja, Sie können mich heiraten."

Ines musste lachen, aber als sie sah, dass Eugen ernst blieb, stutzte sie, wurde auch ernst und fragte:

„Meinen Sie das etwa ernst?"

„So wahr ich hier stehe", antwortete Eugen im Brustton der Überzeugung.

Ines zögerte. Der junge Mann war ihr durchaus sympathisch. Aber gleich vom Fleck weg heiraten …? Sie meinte:

„Vielleicht sollten wir uns erstmal kennenlernen?"

Eugen stimmte zu und sie verabredeten sich auf einen Kaffee nach Feierabend.

In einem kleinen Café trafen sie sich. Beim Kaffeetrinken unterhielten sie sich über Gott und die Welt, wobei sie mit dem gemeinsamen Interessensgebiet der Lyrik begannen.

Nach einer Weile zitierte Eugen ein Gedicht von August Heinrich Hoffmann von Fallersleben:

„Will eine Blume sich erneuen,

So muss sie ihre Frucht verstreuen;

Und will der Mensch in einem Herzen leben,

So muss er erst sein eignes Herz drum geben."

Ines lächelte und gab zwei Zeilen aus Rilkes „Liebeslied" zum Besten:

„Wie soll ich meine Seele halten, dass

sie nicht an deine rührt?"

Eugen revanchierte sich mit Goethes „Mailied":

„O Mädchen, Mädchen,

Wie lieb' ich dich!

Wie blickt dein Auge!

Wie liebst du mich!"

Beide erröteten, aber kicherten vergnügt. Weiter ging es mit Baudelaires „Die Juwelen" und Erich Frieds „Was es ist". Viele weitere folgten.

Da sie sich ausgezeichnet verstanden, beschlossen sie, im Anschluss noch zu einem Italiener zu gehen und zu Abend zu essen. Hier spielten sie die Spaghetti-Szene aus dem Film „Susi und Strolch" nach und kamen zu ihrem ersten Kuss.

Es dauerte nur ein paar Monate, bis sie tatsächlich heirateten. Dann ging es auf Hochzeitsreise.

Sie flogen nach Venedig, wo sie ihre Hochzeitsnacht verbringen wollten, um dann von dort zu einer Mittelmeerkreuzfahrt zu starten. Als sie im Flugzeug saßen, meinte Eugen:

„Gute Reise, mein Schatz!"

Und Ines antwortete:

„Danke, das wünsche ich dir auch, Liebling."

Bald hatten sie ihre Reiseflughöhe erreicht und entspannten sich. Es sollte nicht lange so bleiben. Der Flugkapitän meldete sich mit einer Durchsage und teilte ihnen mit, dass ein Triebwerk ausgefallen sei. Da das Flugzeug unglücklicherweise auch noch um einige Tonnen überladen war, ließe es sich nicht halten. Die Passagiere sollten sich anschnallen und auf einen harten Aufprall vorbereiten. Das alles trug er in einem ruhigen und gefassten Ton vor und löste doch Angst unter den Passagieren aus.

Eugen zog seinen Laptop hervor und rief Violas Porträt auf. Dann stand er auf und verkündete seinen Schicksalsgenossen im Passagierraum, dass die Flucht in das Bild ihre Rettung sein könnte. Zumindest für diejenigen unter ihnen, die ihren oder Ihre Liebste dabeihatten, und das waren die meisten der Passagiere.

Dann sprach er zu Ines:

„Wir gehen voran! Komm mit mir!"

Sodann versenkte er sich mit Ines in das Bild. Sie küssten sich – und waren verschwunden! Die meisten Mitreisenden folgten ihrem Beispiel und das Flugzeug leerte sich.

Dem Kapitän entging das nicht. Er fragte seinen Copiloten:

„Was geht da vor? Wieso verlieren wir Gewicht? Die Passagiere scheinen zu verschwinden."

Der Copilot antwortete:

„Ich kann es mir auch nicht erklären. Da wird kein Loch im Rumpf sein. Das hätten wir gemerkt. Ich wüsste daher auch nicht, was wir zu tun hätten. Aber da es so ist, dass wir Gewicht verlieren, haben wir eine Chance, das Flugzeug zu halten."

Sie versuchten es und das verringerte Gewicht des Flugzeugs ermöglichte ihnen, die Sinkbewegung zu stoppen und wieder in den Horizontalflug einzutreten.

So schnell wie möglich steuerten sie einen Flughafen zur Notlandung an. Alle wurden gerettet.

Viele kehrten aus dem Bild zurück, aber Ines und Eugen blieben dort. Da in dem Bild die Zeit nicht existierte, endeten ihre Flitterwochen nie mehr. Sie waren glücklich.

Elfriede und Roland

„Wo bin ich?", fragte Elfriede.

„In unserem Apartment im Senioren-
heim", antwortete ihr Mann Roland. Die
Demenz seiner Frau störte ihn nicht. Er
liebte sie wie schon seit Jahrzehnten. Was
für ein Glück, dass sie ihn noch erkannte!

Zehn Minuten später fragte Elfriede
wieder:

„Wo bin ich?"

Geduldig antwortete Ihr Roland aber-
mals. Dann erzählte er ihr aus ihrer gemeinsamen Vergangenheit, was ihm so
durch den Kopf ging. Elfriede vergaß es
zwar sofort wieder, aber während er erzählte, hatten sie ein wundervolles Stück
Gemeinsamkeit.

Am Nachmittag las Roland ihr einen
Brief der Heimleitung vor. Ihr wurde mit-

geteilt, dass sie nicht länger in der Ambulanz wohnen könne, sondern wegen ihrer Demenz in die Pflegeabteilung umziehen müsse. Dort wäre sie ganztägig unter Beobachtung.

Das durfte nicht wahr sein! Roland sorgte doch sehr gut für seine Frau. Gut, einsperren konnte er sie nicht und der Unfall mit dem Feuer war beklagenswert, aber letztlich war doch alles gut ausgegangen und der Brand gelöscht worden.

Wegen solch einer Kleinigkeit konnte man sie doch nicht derart schikanieren! Er würde sich beschweren.

Es half alles nichts. Die Heimleitung sah Elfriede als Gefahr für das Haus an. Roland bot noch an, selbst mit in die Pflege zu ziehen, aber auch das wurde abgelehnt, da er selbst kein Pflegefall war und daher die Kosten selbst aufbringen müsste, was er nicht konnte.

Sie sollten also getrennt werden, nachdem sie den Großteil ihres Lebens zusammengelebt hatten. Wie schrecklich! Aber sie waren machtlos. Immerhin konnte Roland seine Elfriede besuchen, so oft er wollte. So war er doch die meiste Zeit bei ihr.

Er brachte ihr Leckereien mit, die sie dort nicht bekam. Warum verwehrte man ihr das? Ihr Geschmackssinn war doch nicht gestört, nur weil ihr Gehirn nicht mehr richtig funktionierte! Heute hatte er ihr Mozartkugeln mitgebracht, die sie gemeinsam genossen. Dabei störte auch ihre Demenz nicht. Sie saßen zusammen und ließen es sich schmecken.

Trotzdem kam, was kommen musste. Eines Tages erinnerte sich Elfriede nicht mehr an ihn.

„Wer sind Sie?", wollte sie wissen.

Roland erklärte ihr geduldig:

„Ich bin dein Mann Roland. Du bist in der Pflegeabteilung des Seniorenheims."

Elfriede begann leise zu weinen:

„Ich erinnere mich nicht."

Das war das Schlimmste an der Demenz: dass man selbst mitbekam, wie die Geisteskraft nachließ.

„Die Erinnerung wird wiederkommen", tröstete Roland sie. Dann musste auch er weinen.

Tatsächlich gab es Tage, an denen sie ihn wiedererkannte.

An einem dieser Tage rief Roland Violas Porträt auf seinem Laptop auf, erklärte Elfriede, was es damit auf sich hatte, und fragte sie, ob sie mit ihm in das Bild gehen wolle.

Elfriede sagte:

„Das ist ein schönes Bild und, wenn es hält, was du dir davon versprichst, könnte es uns helfen. Ich gehe mit dir, wohin du willst."

So betraten sie das Bild und – siehe da – Elfriede brauchte ihren Rollator nicht mehr. Sie schwebte wie die meisten hier unbeschwert durch die Lüfte. Der Blumenduft umhüllte sie, die Sonne kitzelte sie. Auf einmal konnte sie sich wieder an all die Dinge erinnern, die sie vergessen hatte.

„Vielen Dank, dass du mich hierher gebracht hast, mein Liebling", flüsterte sie Roland zu, der neben ihr schwebte.

„Vielen Dank, dass du mitgekommen bist", erwiderte jener.

Die Beschwerlichkeiten des Alters waren verschwunden. Hier durfte man sein, wie man sich fühlte. Für so lange, wie man wollte. Sie befanden sich in jener Zwischenwelt, die nicht den physikalischen Gesetzmäßigkeiten der normalen Welt unterlag. Wünsche wurden wahr.

Viola und Georg kümmerten sich um sie, aber sie brauchten nichts. Irdische Bedürfnisse kannte man hier nicht. Trotzdem freuten sich Elfriede und Roland, dass die jungen Leute Anteil an ihnen nahmen. Eigene Kinder hatten sie nicht und so waren Viola und Georg fast wie Kinder für sie.

„Bleibt doch ein wenig bei uns!" riefen sie ihnen zu. „Es ist so schön, Gesellschaft zu haben."

„Wir sind gern bei Ihnen und lauschen den Erzählungen aus Ihrem Leben", beeilte sich Viola zu versichern.

Alle fühlten sich glücklich.

Irene und Lothar

Lange hatte Lothar überlegt, wie er es anstellen sollte, ein Date mit Irene zu bekommen. Sie war sozusagen seine Kollegin; beide arbeiteten sie als Praktikanten in einer großen Schreinerei, die idyllisch im Bayerischen Wald lag.

Jetzt hatte Lothar sich entschlossen, sie einfach geradeheraus zu fragen. Er ging zu ihrem Arbeitsplatz hinüber, räusperte sich kurz und platzte heraus:

„Irene, darf ich dich mal zum Abendessen einladen?"

Irene lächelte ihn freundlich an und meinte dann schelmisch:

„Soll das ein Date werden?"

„Ja, irgendwie schon", stammelte Lothar verlegen.

„Na, so ein Glück!", rief Irene. „Ich dachte schon, du fragst nie. Klar machen wir das."

Sie trafen sich in einem Diner und aßen zusammen ein Abendessen, das Lothar sich gerade noch leisten konnte. Zum Abschied gab es sogar ein Küsschen. Alles war, wie es sein sollte. Lothar war restlos glücklich. Irene übrigens auch. Sie mochten sich beide und es sollte sehr schnell Liebe daraus werden.

Künftig gingen sie an ihren freien Tagen gemeinsam in der Natur spazieren – bis dieser denkwürdige Tag kam.

In der Nacht hatte ein Sturm getobt und einige Bäume entwurzelt. Das war jetzt vorüber und man konnte den Wald wieder betreten, ohne von herabfallenden Ästen getroffen zu werden. Nur noch ein sanfter Hauch wehte durch die Äste der Bäume. Sie besichtigten die Schäden und freuten sich, dass der Wald nicht allzu stark gelitten hatte.

Der Sturm erschien ihnen wie eine ausgleichende Gerechtigkeit: Die kleinen Bäumchen und Sträucher hatten kaum gelitten, gerade mal ein paar Blätter verloren. Die großen Bäume dagegen hatte es voll erwischt. Sie hatten sich nicht wegducken können, dem Wind genau im Weg gestanden und waren umgeknickt worden. Daraus konnte man etwas lernen: Nicht immer ist es ratsam, nach Größe zu streben. Diese Botschaft gefiel ihnen, zählten doch auch sie gesellschaftlich zu den Kleinen.

Sie kamen zu einer riesigen entwurzelten Kiefer. Lothar wollte schon weitergehen, da schrie Irene auf:

„Oh Gott! Sieh nur!"

„Was denn?", wollte Lothar wissen.

„Na dort, zwischen den Wurzeln: ein Gerippe!", erklärte Irene.

„Tatsächlich!"

Nun erkannte auch Lothar, was da lag: die sterblichen Überreste eines Menschen!

„Wie kommt der denn da hin?", fragte er. Ganz automatisch hatte er das Maskulinum gewählt. Gendermäßig nicht ganz korrekt. Die gestorbene Person dürfte es nicht mehr kümmern und es kümmerte auch Irene nicht.

„Das herauszufinden, ist Sache der Polizei", beeilte sie sich zu erklären. „Wir dürfen das Gerippe nicht anrühren."

„Hätte ich auch mit Sicherheit nicht getan. Wäre mir viel zu grauslich", antwortete Lothar.

Also riefen sie über Handy die Polizei und warteten an Ort und Stelle auf deren Ankunft. Währenddessen neckte Irene Lothar noch ein bisschen:

„Dass du das gar nicht gesehen hast. Du musst Tomaten auf den Augen haben. Wer weiß, an wie viel Toten du schon vorbeigegangen bist, ohne es zu merken."

„Ich bin eben verliebt und war in Gedanken bei unserer Zukunft" meinte Lothar leicht gekränkt.

„Ach, wie niedlich", flüsterte Irene. „Ich liebe dich auch."

Sie küssten sich und der Wald rauschte leise dazu.

Die Polizei nahm ihre Ermittlungen auf. Durch Vergleich der Zähne des Toten mit den Unterlagen der Zahnärzte der Umgebung fand man heraus, dass das Gerippe die sterblichen Überreste eines Vermissten waren, der vor zehn Jahren verschwunden war. Er hieß Hubert Schmidt und war ein Geschäftspartner von Herr Schroll, dem Eigentümer der Schreinerei, in der Irene und Lothar arbeiteten. Vor zehn Jahren hatte er Eigentumsansprüche auf die Schreinerei erhoben, die Schroll nicht anerkannte. Dann war er plötzlich verschwunden.

Da jetzt seine Leiche vorlag, wurde der Fall neu aufgerollt, was nach der langen Zeit nicht einfach war. Immerhin konnte festgestellt werden, dass Schmidt erschossen worden war. Das Projektil steckte nämlich noch in seinem Kopf. Mit Hilfe der Kugel konnte der Typ der Waffe ermittelt werden, aus der sie abgefeuert worden war. Im nächsten Schritt wurden alle Besitzer von Waffen dieses Typs festgestellt werden und deren Waffen wurden sichergestellt.

Auch Schroll hatte einen Waffenschein und besaß solch eine Waffe. Ein Motiv für den Mord hatte er natürlich und tatsächlich erwies seine Waffe sich als die Tatwaffe.

Nach anfänglichem Leugnen gestand Schroll schließlich, damals den lästigen Anspruchsteller einfach ermordet zu haben. Die Leiche hatte er am Fuß der Fichte vergraben, wo sie jetzt gefunden worden war, nachdem der entwurzelte Baum das Versteck preisgegeben hatte. Schroll wurde zu lebenslanger Haft verurteilt.

Nunmehr herrschte Unklarheit, was aus der Schreinerei werden sollte. Ein Erbe in der ferneren Verwandtschaft hatte kein Interesse an einer Übernahme. Die Finanzen der Schreinerei wurden gründlich durchleuchtet und es kam heraus, dass sie hoffnungslos überschuldet war. Ein Insolvenzverwalter übernahm die Geschäfte und verkaufte den Betrieb schließlich an eine Hotelkette, die den besten Preis bot, weil man ein Hotel dort errichten wollte.

So kam es, dass Irene und Lothar auf der Straße standen. Einzeln würden sie zwar wieder Anstellungen finden, aber zusammenarbeiten wie in der Schreinerei würden sie nicht mehr können. Sie setzten sich in Lothars Zimmer zusammen und berieten, was sie tun sollten. Schließlich erzählte Lothar, was er über Violas Porträt erfahren hatte. Wenn sie dorthin gingen, könnten sie für immer zusammenbleiben. Irene war einverstanden und sie tauchten gemeinsam in das Bild auf dem Laptop ein.

Viola und Georg trafen und berieten sie dort. Georg meinte:

„Ihr seid noch so jung, dass es fast ein bisschen zu früh für euch ist, im Bild zu bleiben. Hier könnt ihr als Geistwesen keine Kinder bekommen. Euer Traum, in einem Betrieb zusammenzuarbeiten, lässt sich vielleicht doch auch in der normalen Welt verwirklichen. Unter den ehemaligen

Gästen des Bildes werden sich sicher welche finden, die euch helfen können."

Sie dachten nach und kamen dann auf Désirée und Ansgar. Deren Blumenladen lief derart gut, dass sie sich vergrößert hatten. Sie konnten zusätzliche Angestellte gebrauchen. Georg verließ das Bild, um mit ihnen zu sprechen. Nachdem er die Situation der beiden Flüchtigen geschildert hatte, erklärten sich Désirée und Ansgar bereit, sie aufzunehmen. Irene und Lothar konnten nun wieder zusammenarbeiten, heirateten und bekamen Kinder. Oft kamen sie noch zu Besuch in das Bild.

Valerie und Adrian

Unter Tränen forderte Valerie Adrian auf, sie zu verlassen:

„Du darfst nicht bei mir bleiben. Belaste dich nicht mit mir! Ich bin so krank, dass ich sowieso bald sterben werde. Das ist keine Perspektive für eine gemeinsame Zukunft. Du hast Besseres verdient. Such dir eine andere Frau!"

„Ich will dich nicht verlassen! Wir gehören zusammen. Ich werde dich durch die Krankheit begleiten – bis zum Ende", gab Adrian zurück.

Sie konnten in diesem Punkt keine Einigung erreichen. Adrian blieb unerschütterlich bei Valerie, aber dann geschah etwas Unerwartetes.

Eine andere Freundin von Adrian, Juliette, hatte sich ebenfalls in ihn verliebt. Sie wusste zwar, dass er Valerie liebte, hielt die

Beziehung aber für oberflächlich. Aus ihren eigenen Gefühlen machte sie indes keinen Hehl. Ihren Eltern erzählte sie davon und jammerte über ihre unerwiderte Liebe:

„Ich liebe ihn so sehr! Aber für ihn bin ich nur eine gute Freundin. Er liebt Valerie, obwohl die krank ist und bald sterben wird."

„Dann warte doch, bis sie tot ist!"

„Das kann ich nicht. Jeder Tag ohne seine Liebe ist eine Qual."

Die Eltern wollten ihre Tochter unterstützen. Heimlich stellten sie Nachforschungen über Adrian an.

So erfuhren sie Details über Valeries Krankheit und auch davon, dass es in den USA eine Spezialklinik gab, die als einzige ihrer Art diese Krankheit heilen konnte. Auch Valerie wusste von dieser Klinik, aber auch, dass sie unerschwinglich teuer war, jedenfalls für Adrian und sie.

Nun fügte es sich, dass Juliettes Eltern nur so im Geld schwammen. Sie hätten Juliettes Behandlung mühelos finanzieren können, hatten aber kein Interesse daran. Schließlich wollten sie Adrian für ihre Tochter Juliette.

So fassten sie einen unmoralischen Plan.

Hugo, Juliettes Vater, ließ von seiner Tochter ein Gespräch mit Adrian vereinbaren.

Nach dem einführenden Smalltalk kam er schnell zur Sache:

„Ich habe von Valeries Krankheit erfahren und auch, dass es eine sehr teure Behandlungsmöglichkeit gibt. Was würden Sie tun, um ihr diese Behandlung zu ermöglichen?"

„Alles!"

„Wären Sie auch bereit, Ihre Beziehung zu Valerie zu beenden, wenn sie dadurch weiterleben könnte?"

„Ich kann nicht erkennen, was das eine mit dem anderen zu tun haben soll, aber: ja. Wenn Valerie ohne mich weiterleben kann, wenn das der Preis ist, würde ich ihn zahlen. Ich würde alles tun, um sie zu retten. Mir ist nur wichtig, dass es ihr gut geht, ob mit mir oder ohne mich."

Hugo erklärte, worauf er hinauswollte:

„Das ist die richtige Einstellung, mein Lieber, das ist wahre Liebe. Nun gut. Wenn das so ist, hätte ich ein Angebot für Sie. Meine Frau und ich, wir hätten genug Geld, um Valeries Behandlung in den USA zu bezahlen. Wir sind aber nicht so selbstlos, das ohne Gegenleistung zu tun. Unsere Bedingung ist: Sie müssen unsere Tochter Juliette heiraten. Das sollte doch wohl möglich sein. Sie sind ja schon gute Freunde. Valerie und Juliette dürfen übrigens nichts von diesem Deal erfahren. Was ist – sind Sie einverstanden?"

„Das ist doch zynisch! Wie könnten Sie mit diesem Deal leben?"

„Wir als Juliettes Eltern werden damit leben müssen und werden durch das Glück unserer Tochter dafür entschädigt werden. Juliette wird nichts davon wissen."

„Das ist barbarisch, aber wenn es der einzige Weg ist, Valerie zu retten, stimme ich zu."

„Es ist der einzige Weg."

Adrian mochte Juliette durchaus, aber eben nur als Freundin. Er hätte Juliette nicht geheiratet, solange er Valerie liebte. Nun stand aber andererseits Valeries Leben auf dem Spiel.

Das Angebot von Juliettes Eltern schien die einzige Möglichkeit zu sein, Valerie zu retten. Schweren Herzens sagte Adrian zu.

Valerie gegenüber behauptete er, sich in Juliette verliebt zu haben. Die arme Valerie nahm es mit Fassung, zumal sie Adrian gewünscht hatte, ohne sie glücklich zu werden.

Juliette war überglücklich über Adrians neues Interesse an ihr und fragte nicht groß nach den Gründen. Sie heirateten.

Das Schicksal wollte es, dass Juliette eine sogenannte „Freundin" namens Friederike hatte, die ihr das neue Glück neidete, und von Valeries Krankheit wusste. Ganz scheinheilig fragte Friederike Juliette:

„Macht es dir eigentlich gar nichts aus, dass Adrian seine todkranke Geliebte für dich verlassen hat?"

„Er liebt mich eben."

„Nein, er liebt Valerie und wurde gekauft. Er hat dich nur geheiratet, damit deine Eltern Valeries Heilung bezahlen."

Woher Friederike das wusste oder ob sie es sich nur zusammengereimt hatte, blieb unklar. Juliette jedenfalls war schockiert und stellte ihren Mann zur Rede. Dem blieb nichts anderes übrig, als Juliette die ganze Wahrheit zu gestehen. Die Scheidung folgte und Adrian kehrte zu Valerie zurück, die ihn wieder aufnahm, nachdem auch sie die Geschichte gehört hatte.

Da Valerie inzwischen behandelt und geheilt worden war, verlangten Juliettes Eltern die Behandlungskosten von den beiden zurück, die natürlich nicht zahlen konnten. Die Situation schien aussichtslos, die Fronten waren verhärtet.

Da stießen sie im Netz auf Violas Porträt. Miteinander aus dieser missgünstigen

Welt zu fliehen und auf immer zusammen zu sein, erschien ihnen verlockend und sie flohen in das Bild.

Birgit und Harald

„O Tite tute Tati tibi tanta tyranne tulisti", deklamierte Birgit vor ihrer Klasse. So machen Lateinlehrerinnen das zuweilen.

„Wer von euch kann mir das übersetzen?", fragte sie die verständnislos glotzenden Schüler.

Keiner meldete sich.

„Also gut, dann mache ich es selbst", seufzte Birgit und fuhr fort:

„Oh, Titus Tatius, du Tyrann, so Großes hast du selbst dir eingebrockt. – Das ist die Übersetzung. Woher es kommt? Romulus soll das nach Quintus Ennius über Titus Tatius gesagt haben, einen König der Sabiner, der nach dem Raub der Sabinerinnen eine Zeitlang gemeinsam mit ihm über Rom geherrscht hatte, bis er ermordet wurde."

„Und warum brocken Sie uns das jetzt ein?", fragte Tito, der Klassenrüpel.

„Weil das ein schönes Beispiel für eine perfekte Alliteration ist", antwortete seine Lehrerin mit lehrerhaftem Ernst. „Ihr solltet dieses Zitat mindestens einmal im Leben gehört haben."

Damit war Tito nicht zufrieden. Er zog ein Messer heraus, trat vor und drohte:

„Was ich jetzt mindestens einmal hören will, ist eine Entschuldigung für diesen perfekten Blödsinn! Sie haben meinen Namen in Ihrem blöden Vers verspottet!"

Birgit erbleichte und stürzte aus dem Klassenzimmer.

Sie lief zum Nachbarzimmer, wo ihr Kollege Harald gerade Deutsch unterrichtete.

„Hilfe!", schrie sie und riss die Tür auf.

Sie erklärte Harald atemlos die Situation und der kam ihr zu Hilfe. Er brauchte nicht viel zu tun. Als Tito sah, dass Birgit mit Verstärkung zurückkam, steckte er das Messer wieder ein und kehrte auf seinen Platz zurück.

Es half ihm nichts. Das Drohen mit einem Messer geht gar nicht. Tito musste das Klassenzimmer verlassen und flog schließlich von der Schule.

Jetzt herrschte jedenfalls erst einmal wieder Ruhe und Birgit konnte ihren Unterricht fortsetzen.

Nach der Stunde bedankte sich bei Harald und wollte ihn zum Dank auf ein Abendessen zu sich einladen. Harald meinte dazu:

„Ich habe eine bessere Idee. Warum gehen wir nicht gemeinsam in eine Karaoke-Bar?"

So wurde es gemacht. Es wurde ein gemütlicher Abend. Zuerst trauten sie sich nicht so recht, selbst zu singen. Dann sang Harald, der als Nebenfach Musik hatte und über eine tiefe, wohlklingende Stimme verfügte, sein Lieblingslied: „Strangers in the Night" von Frank Sinatra. Dabei sah er Birgit tief in die Augen. Die errötete, was man glücklicherweise bei der schummrigen Beleuchtung kaum sehen konnte.

Allein wollte Birgit auch dann noch nicht singen, aber sie erklärte sich zu einem Duett bereit. Sie sangen: „You're the One That I Want" aus dem Musical „Grease". Sie harmonierten blendend dabei und lagen sich am Schluss in den Armen, wie es die Choreographie verlangte. Es war großartig gelungen und sie waren beide glücklich. Birgit drückte Harald einen Kuss auf den Mund und schob – bevor der reagieren konnte – ein „Entschuldigung" hinterher.

Hierzu konnte Harald nicht mehr viel sagen. Er stammelte nur:

„Danke."

Danach gingen sie bald. Harald brachte Birgit noch nach Hause. An der Tür fragte Birgit ihn:

„Kennst du eigentlich Ovids ‚Ars amatoria'?"

„Nein, Latein war ich immer mein schwächstes Fach."

„Na gut. Dann will ich dir etwas daraus zitieren. Da steht:

‚Oscula qui sumpsit, sed non et cetera sumet, haec quoque, quae data sunt, perdere dignus erit.'

Das heißt so viel wie:

‚Wer Küsse genommen hat und nicht auch das Übrige nehmen wird, der ist es wert, auch das zu verlieren, was ihm gegeben wurde.'

Verstehst du das?"

„Ich glaube schon, aber ich weiß nicht, wie ich das anstellen soll, was du jetzt anscheinend von mir erwartest."

„Nun komm schon!", schnurrte Birgit und zog ihn in ihre Wohnung. Harald blieb über Nacht.

Am nächsten Morgen fuhren sie gemeinsam zu Schule – und das sorgte für Getuschel unter den Kollegen, denen ihre Vertrautheit nicht entging. Turteleien unter Kollegen gab es öfter mal und sie wurden, sobald sie entdeckt waren, gnadenlos zerpflückt. So erging es nun Birgit und Harald, die sich einfach keine Gedanken darüber gemacht hatten.

Nun war es zu spät. Der Zug war abgefahren. Jetzt blieb nur noch die Flucht. Sie dachten an Violas Porträt, die Zuflucht aller Liebenden.

Harald meinte zu Birgit:

„Weißt du, dass das Motiv eines verzauberten Kunstwerks nicht neu ist? Der König Pygmalion schuf eine weibliche Elfenbeinstatue, in die er sich verliebte. Aphrodite erweckte die Statue zum Leben und Pygmalion wurde glücklich mit ihr."

Birgit meinte:

„Ja, das ähnelt der Entstehung des Porträts, es erklärt aber nicht, warum es sich ändert."

„Auch dafür gibt es ein Vorbild: Oscar Wildes 'Bildnis des Dorian Gray'. Dort ändert sich ein Porträt mit den Handlungen des Porträtierten."

„Schön, aber das sind alles Fiktionen. Kann es denn überhaupt sein, dass so etwas wirklich existiert?"

„Lass es uns probieren! Ich lade das Bild auf meinen Computer."

Schnell hatten sie das Bild heruntergeladen und versenkten sich gemeinsam darin. Ihr gemeinsamer Wunsch genügte – und sie waren im Bild.

„Toll! Es scheint tatsächlich zu funktionieren", jubelte Birgit.

„Immer mit der Ruhe!", brachte Harald sie wieder runter. „Wir wissen nicht, ob das hier die Realität ist.

Es ist die Welt des Bildes. Kunstwerke haben ihre eigene Welt. Manchmal können wir Menschen daran teilhaben. Es ist eigentlich ein Erlebnis der Sinne. Wir können dem Eindruck der Sinne nicht zwangsläufig eine Realität zuschreiben.

Aber das ist ja auch egal. Es ist wunderbar. Und immerhin erleben wir es gemeinsam. Selbst wenn es eine Scheinwelt sein sollte, so treten wir doch gemeinsam in sie ein. Das ist ein Geschenk."

„Du hast recht. Man sollte nicht zu viel wollen. Schönheit und Realität. Wozu? Selbst wenn sie nicht real wäre, … diese Welt gefällt mir", beharrte Birgit. „Wir sollten für eine gewisse Zeit hierbleiben und sehen, wie es sich entwickelt."

„Es könnte sein, dass es hier gar keine Zeit gibt", warnte Harald und fuhr dann fort: „Aber du hast recht, wir sollten das zu zweit genießen."

So blieben sie und genossen die Abgeschiedenheit. Als ihnen genug Zeit vergangen zu sein schien, dass die Gerüchte sich totgelaufen hätten, kehrten sie wieder in die normale Welt und ihr Leben zurück.

Die Kollegen freuten sich, dass sie wieder da waren und die beiden legalisierten ihre Verbindung, indem sie heirateten.

Bernadette und Albert

Mit einem Seufzer schloss Albert sein Gebetsbuch. Er hatte sein Brevier gebetet, aber es hatte ihm keine Kraft gegeben. Dabei brauchte er Hilfe in seiner Glaubenskrise. Er spürte Gefühle für Schwester Bernadette, von denen er wusste, dass sie ihm als katholischem Priester nicht gestattet waren. Er hatte Gott gebeten, ihm die Stärke zu geben, der Versuchung zu widerstehen. Schon der Gedanke an eine erotische Liebe galt für ihn als Sünde.

Schwester Bernadette war ihm als Haushaltshilfe in seiner Pfarrei zugeteilt worden und war noch recht jung. Auch er selbst hatte seinen kirchlichen Werdegang schnell durchlaufen und konnte noch als junger Mann gelten. Ihm stand eine beachtliche Karriere in der Kirchenhierarche offen.

Und jetzt das! Die Versuchung des Fleisches! Er überlegte, ob er sich geißeln sollte. Aber das hielt er dann doch für eine überholte Methode.

Jetzt würde er erst einmal mit Bernadette frühstücken. Sie hatte den Tisch schon für sie beide gedeckt. Sie setzten sich und aßen gemeinsam.

Bernadette musste kichern und fragte:

„Kennen Sie schon den Witz von Jesus und dem Außerirdischen?"

„Nein."

„Also: Da kommt ein Außerirdischer auf die Erde und trifft einen Pfarrer. Der Pfarrer fragt: ‚War Jesus auch bei euch?' Der Außerirdische antwortet: ‚Ja. Wir haben ihn als Gottes Sohn verehrt und zu unserem Herrscher gemacht. Er hat unserer Welt eine glückliche, friedliche Zeit beschert und kommt regelmäßig zu Besuch. Ist das denn bei euch nicht so?' – ‚Nein, bei uns ist er nur noch einmal nach drei Tagen wiedergekommen und dann nie wieder.' – ‚Wieso denn? Was habt ihr mit ihm gemacht?' –

‚Wir haben ihn gekreuzigt.' – ‚Ja, dann braucht ihr euch nicht zu wundern.'

Das war's. Warum lachen Sie nicht?"

Albert runzelte die Stirn und meinte:

„Über Jesu Tod am Kreuz sollte man keine Witze machen."

„Aber der Witz kritisiert doch nicht Jesus, sondern die Dummheit der Menschen. Und darüber darf man ja wohl zu Recht Witze machen!"

„Ja, leider benimmt der Mensch sich immer wieder äußerst dumm", gab Albert ihr recht. „Dabei ist er doch Gottes Werk! Wie kann man das verstehen?"

Bernadette wusste eine Antwort:

„Gott wollte den Menschen nicht perfekt machen, damit er ihm die Chance geben konnte, sich zu verbessern. Das ist unser Schicksal: Wir müssen um Verbesserung kämpfen. Dafür bekommen wir das Erfolgserlebnis. Es gibt das Gute nicht ohne das Schlechte. Man kann das Gute viel besser würdigen, wenn man es hart erkämpft hat."

„Ja, da haben Sie recht", pflichtete Albert ihr bei und berührte ihre Hand.

Bernadette errötete, zog aber ihre Hand nicht weg. So saßen sie einen Augenblick regungslos. Dann flüsterte Albert:

„Jesus soll Maria Magdalena sehr nahe gestanden haben."

Bernadette fügte hinzu:

„Aber man weiß nicht, ob Jesus die körperliche Liebe kannte."

„Wie sollte er irgendetwas nicht kennen, da er doch Gottes Sohn war? Ich bin sicher, dass er Maria Magdalena zu seiner Frau gemacht hat", hauchte Albert und drückte Bernadettes Hand.

Bernadette sinnierte:

„Für Jesus war die Liebe das höchste Gut. Ich kann mir nicht vorstellen, dass er da die Liebe zwischen Mann und Frau ausgenommen haben sollte. Warum sollen ein Mann und eine Frau, die gläubig sind, sich nicht lieben dürfen?"

Albert meinte:

„Der Gedanke ist wohl, dass man in gänzlicher Hingebung nur eine Person lieben kann. Wenn man keinen Menschen liebt, bleibt man ganz bei Gott. Aus diesem Grund ziehen sich die Eremiten von der Welt zurück. Beim völligen Fehlen äußerer Ablenkungen kann sich der Mensch ganz auf sich selbst konzentrieren und zu Gott finden."

Dann fügte er noch hinzu:

„Trotzdem hat Gott den Menschen dazu geschaffen, sich zu vermehren. ‚Seid fruchtbar und mehret euch', heißt es in der Bibel. Das ist auch eine Vorgabe. Und gerade jetzt, da ich dich von Nahem betrachte, möchte auch ich die Liebe zu einem Menschen erleben. Wie schön wäre es, wenn gerade wir uns lieben dürften", ergänzte Albert.

„Albert", stieß Bernadette noch hervor, da hatte Albert auch schon „Bernadette!" gerufen und sie geküsst.

Nun hatten sie sich zu ihrer Liebe durchgerungen. Sie kannten ihre Seelen-

verwandtschaft und wollten sich ganz aufeinander einlassen, gemeinsam Gott vereh-
ren.

Nur standen sie vor dem Problem, wie
sie es mit ihrer kirchlichen Berufung vereinbaren sollten, die ihnen die fleischliche
Lust verbot.

Albert hatte in seinen Beichtgesprächen
von Violas Porträt erfahren und erzählte
Bernadette davon.

„In jener anderen Welt könnten wir Gott
dienen und uns trotzdem lieben", so
schwärmte er. „Was meinst du? Wollen wir
es versuchen?"

Bernadette stimmte zu und sie betraten
das Bild über seinen Computer. Ein war-
mes Licht empfing sie. Es hüllte sie ein wie
ein Kokon. Sie umarmten sich und fühlten
sich in Gottes Obhut geborgen.

Wenn jene Zwischenwelt existierte,
musste sie zumindest von Gott geduldet
sein, vielleicht sogar gewollt. Gab er hier
sogar seinen geweihten Schäfchen eine Zuflucht, wenn sie den fleischlichen Versu-

chungen nicht mehr widerstehen konnten. Es schien doch so.

Sie sprachen auch mit Viola und Georg darüber.

Viola fragte Albert nach seiner fachlichen Meinung als Pfarrer:

„Wie kommt es, dass ich als Geistwesen existieren kann, wenn ich doch eigentlich tot bin? Macht Gott da Ausnahmen?"

Albert dachte nach:

„In der Theologie geht man eigentlich davon aus, dass der Mensch bei seinem Tod gewissermaßen in eine Wartestellung übergeht, bis er eines Tages auf Gottes Weisung wieder aufersteht – in einer verklärten Gestalt, die wir uns nicht vorstellen können: mit den Charakteristika unserer Persönlichkeit und doch die Schwächen unseres Menschseins überwindend. Was in dieser Wartezeit dazwischen geschieht, ist ziemlich offen. Manchmal ist vom Fegefeuer die Rede. Die Existenz als Geistwesen ist nirgends erwähnt, aber auch nicht ausgeschlossen."

Nun wusste Viola zwar auch nicht mehr als vorher, aber sie hatte zumindest von kompetenter Seite gehört, dass ihr Zustand nicht unchristlich war.

Naomi und Eduard

Eduard hatte seine Arbeit beendet und wollte seine Arbeitsstätte, das ägyptologische Institut abschließen. Es war schon spät am Abend und keiner mehr da – bis auf Naomi. Er ging zu ihr und fragte, wie lange sie noch bleiben würde. Naomi antwortete:

„Eigentlich bin ich grad mittendrin in meiner Arbeit. Aber wenn Sie zumachen wollen, werde ich abbrechen."

„Das tut mit leid. Aber es ist schon spät. Wartet denn gar keiner auf Sie zu Hause?"

„Nein, ich lebe allein."

„Oh, ich auch. Es ist schwer, in unserem Beruf Partner zu finden. Wer interessiert sich schon für Ägyptologie?"

„Das stimmt, aber ich würde meinen Beruf nie eintauschen. Ich lebe praktisch in Ägypten."

„In welcher Zeit?"

„Im Neuen Reich. Ich fühle eine sehr intensive Bindung zu Nofretete. Es ist, als ob ich mit ihrer Persönlichkeit verschmölze. Vielleicht bin ich ja ihre Reinkarnation … Ich würde es mir wünschen."

„Das ist ja interessant. Mir geht es ähnlich mit Echnaton. Die Staatsreligion eines ganzen Landes zu ändern – das ist eine Leistung. Welche Überzeugung dazu gehört haben muss!"

„Ja, und Nofretete war seine Frau. Was für ein Zufall!"

„In der Tat. Wenn wir Reinkarnationen von Nofretete und Echnaton sein sollten, müssten wir miteinander verheiratet sein."

Naomi errötete und schlug die Augen nieder.

„Vielleicht kommt es dazu, wenn die Reinkarnationen sich weiter entfalten", flüsterte sie.

„Ich hätte nichts dagegen", antwortete Eduard. „Wir können uns ja zur Vorbereitung schon mal näher kommen."

Naomi sagte nichts, aber nickte kaum merklich mit dem Kopf.

Eduard trat näher, nahm vorsichtig ihre Hand und küsste ihren Handrücken. Es war nicht der übliche Handkuss, bei dem die Lippen die Hand nicht berühren. Seine Lippen berührten ihre Hand durchaus und blieben sogar einen Moment dort. Er behielt ihre Hand in der seinen und sie zog die ihre nicht zurück.

Sie verließen das Institut an diesem Abend gemeinsam und suchten noch ein Restaurant auf, um zu Abend zu essen. Dann brachte er sie nach Hause.

So hielten sie es eine Weile, bis es zu einem ersten Kuss kam. Dann heirateten sie tatsächlich. Das war ja der Plan, wenn sie Nofretete und Echnaton sein wollten.

In der Hochzeitsnacht benutzten sie die Sprache des Neuen Reiches, die sie beide perfekt beherrschten, und nannten sich gegenseitig Nofretete und Echnaton.

Wenn sie die Hoffnung gehabt hatten, dass sie nun über die Erinnerungen ihrer früheren Inkarnationen verfügen würden, so erfüllte sich diese Hoffnung nicht.

„Wir müssen einen Zugang zur Welt der Geistwesen erlangen, um mit den beiden zu verschmelzen", warf Naomi in den Raum.

„Ich wüsste einen Weg dorthin", griff Eduard ihren Gedanken auf. „Ich habe von einem Porträt gehört, mit dessen Hilfe man in eine Zwischenwelt der Geister eintreten kann. Dort könnten wir eventuell Nofretete und Echnaton treffen und uns mit ihnen vereinigen."

Naomi stimmte zu und Eduard rief das Porträt am Computer auf. Sie fassten sich an den Händen und versenkten sich in das Bild. Bald befanden sie sich darin.

Sie baten Viola und Georg, ihnen beim Rufen der Geister behilflich zu sein und riefen gemeinsam Nofretete und Echnaton. Obwohl Naomi und Eduard nicht wirklich damit gerechnet hatten, bekamen sie Antwort. Viola und Georg kannten das schon und erklärten den Geistern die Situation. Die Geister der beiden Gerufenen kommunizierten telepathisch mit ihnen. Nofretete und Echnaton waren durchaus erfreut, in Naomi und Eduard so etwas wie Fans anzutreffen. So etwas war ihnen hier noch nie geschehen. Sie erklärten sich einverstanden, mit den beiden Besuchern aus der Gegenwart zu verschmelzen und auf diese Weise noch einmal in die Welt der Lebenden zurückzukehren. Danach würden sie sich wieder trennen. Die Erinnerungen würden ihnen bleiben.

Es geschah wie gewünscht. Naomi war Nofretete und Nofretete Naomi. Ebenso erging es Eduard mit Echnaton. Sie verließen das Bild und kehrten ins Institut zurück. Vieles konnten sie dort ergänzen und richtigstellen. Dann erkundeten sie die Stadt. In den folgenden Wochen reisten sie nach Ägypten und besuchten dort die Gräber ihrer ägyptischen Identitäten. Die Mischwesen Naomi-Nofretete und Eduard-Echnaton freuten sich, in ihrer verschmolzenen Form die Stätten des alten Ägypten zu erkunden. Sie wussten nun Dinge, die die Wissenschaftler nicht wussten. Alle Unklarheiten über die Gräber wurden jetzt beseitigt.

Nach einer Weile waren Nofretete und Echnaton der Unruhe des wirklichen Lebens überdrüssig und man beschloss, sich wieder zu trennen. Man suchte das Bild auf und spaltete sich wieder in die ursprünglichen Personen. Naomi und Eduard verließen das Bild wieder als sie selbst.

In der letzten Zeit hatten sie so viel Neues erfahren, dass sie für den Rest ihres Lebens mit der Aufarbeitung beschäftigt sein würden. Mit ihrer eigenen Existenz waren sie jetzt zufrieden. Ihre Gefühle füreinander hatten sich durch das gemeinsam Erlebte vertieft und sie liebten sich nun als Menschen ihrer Zeit.

Der Ägyptologie konnten sie viel geben und machten sich als Forscher auf diesem Gebiet einen Namen.

Evelyn und Rudi

Rudi war süchtig nach diesen illegalen Pokerrunden, und das, obwohl er fast immer verlor. Er spielte dann erst recht weiter, weil er hoffte, das verlorene Geld wiederzugewinnen. Zu diesem Zweck scheute er sich nicht, Schulden zu machen, auch bei Leuten, die keinen Spaß bei der Rückzahlung verstanden.

So kam es, dass er an diesem Abend unbedingt gewinnen musste, wenn es ihm nicht an den Kragen gehen sollte. Allerdings sah es für ihn im Augenblick nicht nach Gewinn aus. Er verlor wieder und wieder.

Frustriert stieg er aus dem Spiel aus. Er wollte die paar Stunden, die ihm noch blieben, bis die Kredithaie ihn in die Mangel nahmen, noch ausgiebig genießen. Er ging in eine Bar. Am Tresen saß eine Frau in seinem Alter – nicht mehr ganz taufrisch, aber noch recht ansehnlich. Er setzte sich einen

Platz entfernt von ihr an die Bar. Sie reagierte nicht. Gut, dann war sie immerhin keine Prostituierte. Das hieß, er konnte seinerseits den ersten Schritt machen. Wie hieß es so schön: „Pech im Spiel, Glück in der Liebe".

„Guten Abend, meine Dame. Mein Name ist Rudi Wolkerts. Darf ich Sie zu einem Getränk einladen?", sprach er sie an.

Sie zierte sich nicht, antwortete schlicht:

„Gerne."

Dabei wies sie mit der Hand auf den freien Platz neben ihr. Das war als Einladung gemeint und Rudi setzte sich dorthin. Sie nahmen beide einen „Moscow Mule", schlürften ihn und Rudi erfuhr, dass sie Evelyn hieß.

Er erzählte ihr, dass er Filmvorführer im größten Kino der Stadt war und sie mit in den Vorführraum nehmen könne. Morgen würde er wieder vorführen und könne sie mitnehmen. Allerdings nur, wenn er dann noch lebe.

Damit kam er auf seine Probleme zu sprechen: seine Spielsucht, seine Schulden und die Geldeintreiber, die ihm mit dem Tod gedroht hatten.

Evelyn hörte sich alles an und erzählte dann von ihrem Leben, das auch nicht ohne Probleme war: schwierige Kindheit, überstürzte Heirat, unerfüllter Kinderwunsch, Scheidung, Absturz. Immerhin hatte sie eine bescheidene Bleibe. Sie hatte Mitleid mit Rudi und er war ihr sympathisch. Daher bot sie ihm an, ihn eine Weile bei sich zu verstecken, bis er das Geld hätte, das er brauchte, um sich freizukaufen.

Überglücklich bedankte sich nahm Rudi und willigte ein.

Sie nahm ihn also mit und die beiden freundeten sich an. Ohne Sex zunächst, aber mit echter Zuneigung.

Langsam öffneten sie sich einander. Nach den vielen Verletzungen, die sie in ihrem Leben erfahren hatten, fiel es ihnen nicht leicht, wieder Vertrauen aufzubauen, aber es gelang ihnen. Und sie enttäuschten einander nicht. So entstand mit der Zeit eine gewisse Verbundenheit.

Sie begannen, sich zu berühren, sich zum Trost zu streicheln. Mehr nicht. Nicht einmal Küsse. Sie kamen auch so gut miteinander aus.

Trotzdem kam nach einer Weile die Frage auf, wann Rudi denn nun das Geld aufbringen könne.

Jetzt musste Rudi Farbe bekennen: Er sah keine Möglichkeit, an das Geld zu kommen. Bisher hatte er immer noch auf einen großen Gewinn beim Poker gehofft. Inzwischen war ihm jedoch klar geworden, dass er dort nie groß gewinnen würde. Außerdem würden ihn die Geldeintreiber dort sicher schon erwarten.

Das Gleiche galt für seinen Job als Filmvorführer. Seine Verfolger wussten davon und würden das Kino überwachen. Das könnten sie zwar nicht ewig tun, aber in unregelmäßigen Abständen immer wieder. Dort konnte er sich auch nicht blicken lassen.

Nein, er sah keine Perspektive mehr.

Aber Evelyn wusste Rat: Sie hatte von Violas Porträt gehört und erzählte Rudi davon. Rudi schöpfte Hoffnung. Das einzige Problem schien zu sein, dass nur Liebespaare dort hineinkamen.

„Sind wir denn schon ein Liebespaar?", fragte er zaghaft. Sie waren sich in den vergangenen Wochen nahegekommen, viel Zuneigung hatte sich aufgebaut. Aber war es schon Liebe?

„Was mich betrifft, so glaube ich schon, dich zu lieben", erwiderte Evelyn mutig. „Ob auch deine Gefühle echt sind, musst du selbst wissen. Das Bild wird sich nicht täuschen lassen."

Sie schalteten Evelyns Computer an und probierten es. Und siehe da! – das Bild akzeptierte sie. Sie durften hinein. Das war der ultimative Beweis einer Liebe, die unmerklich entstanden war, derer sie sich bisher nicht sicher gewesen waren.

Jetzt konnten sie sich sicher sein. Sie umarmten sich. Es war eine Umarmung in einer psychedelischen Welt, die sie teilweise physisch, teilweise psychisch erlebten. Sie verschmolzen mit dem Bild.

Nun waren sie erst einmal in Sicherheit.

Julia und Thorsten

In der Mensa saß Thorsten mit seinem Freund Kevin und seiner Clique an einem Tisch. Am Nachbartisch hatte sich eine Mädchengruppe niedergelassen. Die Jungen scherzten zu den Mädchen hinüber: anzügliche Bemerkungen, wie sie unter Studenten üblich waren. Die Mädchen schienen Gefallen daran zu finden. Sie kicherten und sahen amüsiert herüber.

Thorsten, dessen Platz sich am Ende des Tisches in Nachbarschaft der Mädchen befand, lehnte sich hinüber und sprach das benachbarte Mädchen an:

„Bitte entschuldige meine Freunde. Sie meinen es nicht so."

„Ich weiß", antwortete sie. „Trotzdem finde ich deine Art des Umgangs angenehmer."

Dadurch ermutigt begann Thorsten eine Unterhaltung mit dem sympathischen Mädchen. Sie hieß Julia und erwiderte seine Bemühungen. So verabredeten sie sich schließlich für den Abend in einem Studentenlokal. Kevin, der das mitbekam, hakte sich ein und schlug vor, dass sich doch besser die beiden ganzen Gruppen dort treffen sollten. Das passte Thorsten nun zwar nicht, aber schon stimmten beide Gruppen fröhlich zu. Da konnte man nichts mehr machen.

Am Abend sahen sich dann also alle wieder und feierten gemeinsam mit großem Hallo. Schließlich gelang es Thorsten aber doch, Julia von dem Haufen loszueisen und er zog sie in den Garten, wohin sich in dieser lauen Sommernacht einige Liebespärchen zurückgezogen hatten.

Auch Julia und Thorsten kamen sich hier näher. Es stellte sich heraus, dass sie beide den Trubel nicht so sehr mochten, sondern eher die Stille. Obwohl sie nicht die gleichen Fächer studierten, teilten sie viele Interessen. Vor allem aber stellte sich zwischen ihnen jener Zauber ein, der den jeweils anderen als die Idealperson erscheinen lässt. Sie verliebten sich. Ein erster Kuss folgte.

Es hätte so schön sein können, wenn nicht plötzlich Kevin aufgetaucht wäre. Er hatte sie vermisst, gesucht und gefunden.

„Kommt wieder mit rein!", forderte er sie auf, trat zwischen sie, fasste Thorsten auf der einen Seite um die Schultern und Julia auf der anderen Seite, um sie hineinzuführen.

Die Gruppen der Jungen und Mädchen hatten sich nun zu einer größeren Gruppe vereinigt. Diese Gruppe verhielt sich wie ein Wolfsrudel. Es gab eine klar definierte Rangordnung und Kevin stand an der Spitze der Hackordnung. Das hieß, er konnte sich seine Partnerin aussuchen und diese stand dann an der Spitze der Mädchen. Natürlich handelte es sich nicht um eine sexuelle Partnerschaft, obwohl auch das möglich war. Hier ging es um die soziale Stellung und natürlich bedeutete es, dass das Alpha-Mädchen für die anderen Jungen tabu war.

Kevin hätte jedes von den Mädchen wählen können, aber er wählte Julia. Seit seiner frühen Kindheit stand er in Konkurrenz zu Thorsten und jetzt wollte er ihm das Mädchen nicht gönnen.

Geschickt bugsierte Kevin die beiden vom Garten in den Gastraum zurück. An der Tür passten sie nicht zu dritt durch. Daher ließ Kevin Thorsten los und betrat mit Julia in seinem Arm den Raum. Das sah schon so aus, als ob sie sein Mädchen wäre. Er behielt sie auch weiterhin im Arm, bis sie sich losmachte.

Kevin hatte nicht mit Julias Charakterstärke gerechnet. Sie ließ sich nicht einfach so mit Beschlag belegen. Kevin wiederum ließ nicht nach und begann, sie zu begrapschen. Da mischte Thorsten sich ein:

„Lass mein Mädchen in Ruhe!", herrschte er Kevin an.

Einen Rangkampf wollte Kevin nicht mit seinem alten Freund vom Zaun brechen. Er fragte nach:

„Na so was! Ist sie schon dein Mädchen?"

„Ja", antwortete Thorsten und „ja", echote auch Julia.

Thorstens Herz machte einen Sprung vor Freude. Sie hatten sich zueinander bekannt, obwohl sie sich gerade erst nähergekommen waren. Er ergriff Julias Hand und drückte sie.

Kevin steckte zurück:

„Gut, gut, sie sei dir gegönnt."

Damit war oberflächlich der Streit aus dem Weg geräumt. In Wirklichkeit schäumte Kevin jedoch weiterhin vor Eifersucht auf seinen ach so guten Freund und das ließ er ihn auch spüren.

Auf einmal wendeten sich immer mehr der gemeinsamen Freunde von Thorsten ab, in der Gruppe wurde er geschnitten.

Im Prinzip hätte Thorsten die Freundschaft abschreiben können. Leute, die sich so verhielten, waren in Wahrheit nicht seine Freunde. Indes gestalteten sich die Folgen schwerer, als er gedacht hatte. Unter den Kommilitonen fand er keinen Anschluss mehr, wurde zum Außenseiter. Kevins Einfluss reichte weiter, als Thorsten gedacht hatte.

So als Außenseiter machte ihm das Studium keinen Spaß mehr. Er besprach die Sache mit Julia. Auch sie hatte inzwischen Schwierigkeiten mit ihren Freundinnen bekommen.

Sie erinnerten sich an Violas Porträt, die Zuflucht der verfolgten Liebenden. Man musste das Porträt nur im Internet aufrufen und sich als Liebepaar gemeinsam den Eintritt wünschen. Julia und Thorsten wagten den Schritt und fanden sich in einer sorglosen Traumwelt wieder. Hier saßen sie die soziale Kälte aus, die über sie hereingebrochen war und erfuhren viel voneinander.

Irgendwann kehrten sie in die Welt zurück und setzten ihr Studium in einer anderen Stadt fort.

Lea und Kai

Die beiden kannten sich schon ewig. Bereits im Sandkasten hatten Lea und Kai miteinander gespielt. Im Kindergarten waren sie in derselben Gruppe, in der Schule in derselben Klasse. Sie galten als unzertrennlich.

Alles änderte sich, als sie erwachsen wurden. Aus der kindlichen Unbefangenheit wurde eine erotische Spannung. Sie scherzten nicht mehr miteinander, sie neckten sich. Was sich liebt, das neckt sich. Aber liebten sie sich?

„Wen wirst du wohl einmal heiraten", fragte Lea einmal schelmisch und Kai antwortete:

„Das muss ich mir noch sehr gut überlegen. Die Auswahl ist ja riesig."

In der Tat waren beide sehr beliebt und hätten keine Schwierigkeiten gehabt, jederzeit eine andere Partnerin oder einen anderen Partner zu finden. Aber noch hingen sie dauernd zusammen herum und kein anderer traute sich heran.

Lea wollte es genau wissen:

„Warum sind wir dann schon so lange zusammen?"

„Was heißt ‚zusammen'? Wir sind gute Freunde – mehr nicht", relativierte Kai, worauf Lea kokettierte:

„Überleg es dir nicht zu lange. Sonst bin ich weg."

„Wer sagt denn, dass ich dich heiraten will?", neckte Kai seine Freundin weiter.

„Das ist doch klar. Du bist verrückt nach mir."

„Davon träumst du!"

„Red du nur! Bald wirst du auf allen Vieren zu mir herangekrochen kommen! Dann werde ich dich zappeln lassen."

„Dass du dich da mal nicht täuschst! Auch andere Mütter haben schöne Töchter."

„Na warte! Du eingebildeter Fatzke! Ich wird's dir zeigen. Auch ich werde mich anderweitig umsehen!"

Und schon hatten sie eine Verstimmtheit untereinander, unter Liebenden, die sich ihre Liebe nicht eingestehen wollten.

Es folgten die Trotzreaktionen. Beide wandten sich anderen möglichen Partnern oder Partnerinnen zu. Besonders Lea war umschwärmt. Bald kam es dazu, dass Felix, einer ihrer vielen Verehrer, ihr einen Heiratsantrag machte. Sie erbat sich einen Tag Bedenkzeit und erzählte es Kai:

„Das ist deine letzte Chance. Wenn du dich nicht sehr beeilst, bin ich vom Markt."

Unbeeindruckt konterte Kai:

„Wenn du unbedingt willst, geh doch zu deinem Verehrer! Ich weine dir keine Träne nach."

Das war ja geradezu eine Provokation.

Lea heiratete Felix.

Kais Reaktion ließ nicht lange auf sich warten. Kurz darauf heiratete er Amanda, ein Bild von einer Frau.

Sowohl Lea als auch Kai versicherten sich gegenseitig, jeweils glücklich in ihrer Ehe zu sein. In Wirklichkeit waren sie beide schrecklich enttäuscht und vermissten sich gegenseitig.

Bei Leas Geburtstagsfeier fanden sie Gelegenheit, in Ruhe miteinander zu sprechen. Kai fand als erster den Mut auszusprechen, was sie beide bewegte:

„In Wirklichkeit waren wir schon immer füreinander bestimmt. Das wussten wir beide die ganze Zeit. Wir waren nur noch nicht reif dafür, uns als Liebende zu sehen. Jetzt sehe ich mich als Liebenden. Meine Hochzeit war eine reine Trotzreaktion und ein Fehler. Ich hätte damals dich heiraten sollen. Endlich habe ich meinen Stolz überwunden und kann offen sagen: Ich liebe dich."

Lea antwortete:

„Ich liebe dich auch. Es tut mir leid, dass ich so rumgezickt habe. Genau das Gleiche wie du empfinde auch ich. Wie schön, dass wir uns endlich dazu bekennen können!"

Mit diesen Worten fielen sie sich in die Arme und küssten sich das erste Mal in ihrem Leben.

Danach flüsterte Kai:

„Wie konnten wir nur so lange damit warten. Wir haben doch schon immer zusammengehört!"

„Ja. Spätestens damals, als wir darüber gesprochen hatten, hätten wir heiraten sollen. Jetzt ist es zu spät. Wir sind in den falschen Ehen gebunden. Das sehe ich inzwischen auch. Was können wir jetzt noch tun?"

„Wir laufen weg und suchen Schutz in der Zuflucht der Liebenden."

„Du meinst Violas Porträt?"

„Ja. Warum nicht? Was hältst du davon?"

„Lass es uns tun!"

So flohen auch sie in das geheimnisvolle Bild und fanden dort ihr Glück.

Es dauerte nicht lange, da kamen auch Felix und Amanda in das Bild. Sie hatten als die beiden Zurückgebliebenen zueinander gefunden und sich gegenseitig getröstet. Nun waren sie ebenfalls ein Liebespaar.

Die beiden Paare begegneten sich und versicherten, sich nichts nachzutragen. Alle vertrugen sich.

So konnten alle vier in die normale Welt zurückkehren. Zwei Scheidungen folgten und zwei Hochzeiten und schon war alles wieder in bester Ordnung.

Emma und Noah

Matteo und Noah galten in ihrem Bekanntenkreis als beste Freunde. Das hatte seinen Grund darin, dass sie immer gemeinsam auftraten. Wenn man genauer hinsah, so bemerkte man allerdings, dass es sich nicht um eine Freundschaft unter Gleichen handelte. Matteo gab den Ton an, Noah dackelte hinterher. Das hatte sich seit der Schulzeit so eingespielt und es funktionierte zu beider Zufriedenheit.

Jetzt waren sie erwachsen und traten immer noch als Team auf – zum Beispiel gingen sie gemeinsam Frauen aufreißen. Es ist ja ein offenes Geheimnis, dass das besser klappt, wenn zwei Jungs ein Zweierpaar von Frauen anspricht. Aber keine Lesbierinnen – das gibt Ärger. Es sei denn, man gibt sich als Schwulenpärchen aus. Dazu hatten Matteo und Noah aber keine Lust.

Besonders Matteo strotzte nur so vor Testosteron.

Auch Mädels spielen gerne dieses Spiel, hängen ebenfalls zu zweit herum und warten darauf, dass zwei Jungs sie ansprechen.

Bei Jungs wie bei Mädchen ist es oft so, dass einer von beiden attraktiver ist als der andere und das andere Geschlecht anzieht. Der weniger Attraktive profitiert dann von der Situation.

Die Zwei-zu-zwei-Situation hat einiges für sich. Das Gespräch verläuft viel unbefangener als bei einer Eins-zu-eins-Anmache. In einem Haufen von vier Personen kann man sich leichter verabreden als in einer Situation, bei der man nicht weiß, ob man dieser Person gleich so sehr näher kommen will.

Natürlich fehlt andererseits dabei der Zauber des spontanen Sich-Verliebens in einen anderen Menschen. Es geht eher kumpelhaft zu.

Normalerweise sprachen Noah und Matteo sich vorher ab, wer sich für welche Frau interessierte. Da Matteo als der Strahlemann auftrat und gleich die Szene beherrschte, durfte er als erster wählen. Noah, der allein wohl kaum eine Chance gehabt hätte, fügte sich und nahm, was übrigblieb.

Es störte ihn auch nicht, da er kein echtes Interesse an den Mädchen hatte. Dieses Schnell-Kennenlernen und Schnell-wieder-Vergessen war nicht sein Ding. Wenn überhaupt, wollte er ein Mädchen richtig kennenlernen und dann bei ihr bleiben. Er machte bei diesem Spiel, das Matteo und er da abzogen, eigentlich nur mit, weil es Matteo gefiel. Außerdem musste er zugeben, dass es manchmal durchaus sehr lustig war. Es gab langweiligere Spiele.

Noah bemühte sich auch meist nicht sonderlich, eine Beziehung zu dem Mädchen aufzubauen, das er abbekommen sollte. Das war auch gar nicht nötig. Wenn Matteo mit seinem Mädchen nach ein paar Tagen zum Ziel gekommen war, wandte er sich dem Mädchen zu, das für Noah gedacht war, und auch dieses kam auf seine Kosten.

In letzter Zeit hatten sie die Masche entdeckt, auf dem Uni-Tennisplatz Studentinnen, die gerade ein Damen-Einzel spielten, anzusprechen.

„Hättet ihr vielleicht Lust auf ein gemischtes Doppel?" fragte Matteo dann mit seinem besten Lächeln. Er suchte die Paare sorgfältig aus und bekam nie eine Abfuhr.

Nach dem Spiel setzten sie sich dann noch in die dem Platz angeschlossene Sportgaststätte und tranken etwas. Natürlich stand Matteo im Mittelpunkt. Da konnte es schon mal passieren, dass ein Mädchen ihm direkte Avancen machte.

Einmal saß ihm eine Olivia gegenüber und war ganz fasziniert von ihm. Sie sah ihm tief in die Augen und schlug dabei ihre Beine ausladend übereinander. Dann sah sie an sich herab, bis Matteo, der ihrem Blick folgte, zwischen ihre Beine sah, wo er bemerkte, dass sie keinen Schlüppi unter ihrem leichten Tennisröckchen trug. Dass sie sich da bloß keine Basenentzündung einfing! Sein Blick sprang rasch wieder nach oben, wo Olivia ihm unverwandt in die Augen sah – ohne mit der Wimper zu zucken. Das war eindeutig.

Als er kurz danach Gelegenheit fand, allein mit Noah zu sprechen, brach es aus ihm hervor:

„Diese Olivia hat ganz lange Haare!"

Noah wusste nicht so recht, was er damit anfangen sollte:

„Ihr Bubikopf ist doch eigentlich eher eine Kurzhaarfrisur."

„Ich meine doch nicht die Haare auf ihrem Kopf, du Dummie! Sie hat ganz lange Haare an der Muschi!"

„Was?! Woher willst du das wissen?"

Matteo erzählte Noah, was er erlebt hatte und endete mit den Worten:

„Das war eindeutig ein Angebot und ich möchte es nicht ausschlagen. Ich hoffe, du

verstehst, dass ich mich in ein paar Minuten mit Olivia verdrücken werde, solange
die Situation noch frisch ist."

Noah, dem so etwas noch nie passiert
war, hatte nichts dagegen.

Also verließ Matteo nach einer Weile mit
Olivia die Runde und holte sich, was sie
ihm in Aussicht gestellt hatte. Danach vergaß er sie schnell wieder.

Meistens lief es so ab, dass Matteo bekam, was er wollte. Aber irgendwann war
damit Schluss. Noah wurde plötzlich auf-
müpfig.

Sie hatten Emma und Marion ins Auge
gefasst, die noch etwas ungeschickt ihre
Bälle droschen.

„Die Blonde will ich", versuchte Matteo
gleich, seinen Anspruch zu sichern.

Aber diesmal traf er auf Widerstand.
Emma, so hieß die Blonde, hatte es auch
Noah angetan. Und wenn es Noah erwisch-
te, dann richtig.

„Einmal könntest du doch auch mal mir die Wahl lassen!", erhob Noah energisch Einspruch.

Matteo merkte, dass Noah es ernst meinte. Da die andere Studentin, Marion, auch nicht zu verachten war, fügte er sich diesmal tatsächlich.

Es lief gut. Sie trafen sich öfter zum Spielen, im Lauf der Zeit auch abends. Die Aufteilung blieb bestehen – Noah mit Emma, Matteo mit Marion. Nach einer Weile traf sich Noah mit Emma auch separat. Was für Noah wie Liebe auf den ersten Blick gewirkt hatte, bestätigte sich. Sie lagen auf einer Wellenlänge, verstanden sich ausgezeichnet.

Zu dieser Zeit hatte Matteo schon genug von Marion und wollte sich Emma genauer ansehen. Er schlug ein Vierer-Date mit den beiden Frauen vor. Noah hatte eigentlich keine Lust dazu, musste aber mitspielen, um ihre Freundschaft nicht zu gefährden. So sind die Regeln.

Der Abend kam und Matteo baggerte sofort Emma an. Marion ließ er links liegen und die Verschmähte hatte keine Lust, sich mit Noah, der Zweitbesetzung, zu trösten. Sie schmollte vor sich hin. Emma dagegen blühte auf. Sie sprühte vor Geist und bezauberte Matteo vollends. Wollte sie tatsächlich zu Matteo wechseln? Noah wurde unsicher. Mit Matteo konnte er nicht mithalten. Vielleicht würde Emma mit ihm ihr Glück finden. Noah liebte sie wirklich. Wenn sie ohne ihn glücklich werden könnte, würde er sie ziehen lassen, redete er sich ein. Schon bereitete er sich geistig darauf vor, sich zu entschuldigen und zu gehen.

Dann musste er jedoch an Matteos Frauenverschleiß denken. Matteo würde Emma erobern und sie dann fallenlassen wie alle die anderen. Das konnte er, Noah, doch nicht zulassen. Aber was sollte er tun? Das ganze Treffen hatte sich zu einem einzigen Fiasko entwickelt. Es gab nur noch einen Ausweg.

Als Emma zur Toilette musste, ging er ihr nach und stellte sie im Flur.

„Ich muss dich vor Matteo warnen …", begann er.

„Ich weiß", antwortete Emma. „Aber was soll ich tun? Er belegt mich total mit Beschlag."

„Deshalb musst du doch nicht so total auf ihn abfahren", wandte Noah ein.

„Ja, schon, aber ich bin nun mal von Natur aus freundlich. Bei so einer Kanonade von guter Laune reagiere ich intuitiv in gleicher Weise. Das heißt doch nicht, dass ich mich in ihn verliebt habe. Da solltest du mich besser kennen. Hab Vertrauen in unsere Liebe! Zeig mal mehr Selbstbewusstsein!"

„Wie denn, wenn er die Unterhaltung permanent an sich zieht?"

„Am besten wäre, wenn wir einfach verschwinden würden. Aber ich fürchte, das können wir nicht tun."

„Ich glaube, ich habe eine Lösung", meinte Noah und zog sein Smartphone aus der Tasche. Dann rief er Violas Porträt auf und erklärte Emma, was es damit auf sich hatte.

„Wollen wir es wagen?", fragte er sie und sie stimmte zu. So flohen sie in das Bild und Matteo musste mit Marion vorliebnehmen.

Nach ein paar Tagen kehrten sie in die normale Welt zurück. Matteo hatte sich längst anderen Mädchen zugewandt. Noah brauchte er dazu nicht wirklich. Mit ihm war es leichter gewesen, aber es ging auch ohne ihn.

Noah vermisste ihn nicht. Er war glücklich mit Emma und blieb lose mit Matteo befreundet.

Sophia und Luca

Luca konnte sich nicht einordnen. Seit seiner Jugend akzeptierte er keine Zurücksetzung. Er ließ sich nichts gefallen, hielt sich aber aus allen Auseinandersetzungen heraus, indem er sich zurückzog. Er nahm nicht an den Rangkämpfen teil, ignorierte sie einfach. So gehörte er nirgends dazu, aber man ließ ihn in Ruhe.

Formelle Autoritäten akzeptierte er schon – solange man ihn nicht ungerecht behandelte. So kam er in der Schule mit den Lehrern gut aus, mit dem Mitschülern weniger.

Das setzte sich im Erwachsenenleben fort. Er erfüllte die Aufgaben, die seine Chefs ihm gaben, war aber bei seinen Kollegen unbeliebt, gehörte keiner Clique an.

So kam das Unausweichliche: Es kann der Beste nicht erfolgreich sein, wenn seine Mitmenschen es ihm nicht gönnen. Luca musste beruflich scheitern. Intrigen setzten seiner Laufbahn ein Ende – nicht ohne auch seinen Ruf zu ruinieren.

Er stand vor dem Nichts.

Da traf er Sophia.

Sophie trat wie ein Engel in sein Leben – als ob der Himmel sie geschickt hätte. Sie sah auch aus wie ein Engel: Goldene Locken umrahmten ein strahlendes fröhliches Gesicht mit blauen Augen.

Er sah sie erstmals bei einer Kirchenveranstaltung, zu der er als Kirchenangehöriger eingeladen war, obwohl er eigentlich nicht gern gesehen war.

Für das kirchliche Leben interessierte er sich weniger, war nur dabei, weil er durchaus gläubig war, auf seine eigene intuitive Art.

Ungläubig starrte er sie an, ohne zu irgendeiner Aktion fähig zu sein.

Sophia bemerkte seine Befangenheit und sprach ihn freundlich an:

„Gehören Sie dem Gemeinderat an?"

„Nein, ich bin kaum in der Gemeinde aktiv."

„Wie schade! Und dennoch sind Sie hier. Das ist gut. Vielleicht sollten Sie sich mal zur Wahl stellen. Ich könnte Sie vorschlagen."

Ein völlig abwegiger Gedanke! Aber so nett vorgeschlagen! Luca konnte nicht ablehnen. Nach einigem Zögern erklärte er sich bereit.

Die Sache endete in einem Fiasko. Er erhielt keine einzige Stimme außer Sophias. Stattdessen wurde Sophia mit guten Ratschlägen überhäuft, sich doch von diesem ungeselligen Individuum fernzuhalten:

„Geh dem aus dem Weg! Mit dem will keiner was zu tun haben. Ein komischer Kauz. Man kann sich beim besten Willen nicht mit ihm unterhalten."

Da waren sie aber bei Sophia an die Falsche geraten. Sie gab zurück:

„Was hat er euch denn getan? Ist das christlich, jemanden auszugrenzen, nur weil er kein Unterhaltungskünstler ist?"

Man widersprach ihr nicht, zog sich aber langsam von ihr zurück, umso mehr, je näher sie Luca kam. Und sie kam ihm näher. Je besser sie ihn kennenlernte, desto mehr mochte sie ihn. Schließlich verliebten sich die beiden ineinander.

Das gab den Ausschlag. Sie wurden endgültig von den anderen Gemeindemitgliedern geschnitten.

Den Gipfel erreichte es, als die beiden im Rahmen des Gottesdienstes an der Kommunion teilnehmen wollten. Als sie gemeinsam zum Altar schritten, zerstreuten sich die dort Wartenden, so dass Sophia und Luca wie Aussätzige allein dort standen. Auch der Pfarrer zögerte einen Augenblick im Angesicht dieser Situation. Es war wie eine Exkommunizierung.

Sophia und Luca verließen fluchtartig die Kirche, Die Kommunion wollten sie nicht mehr. Das konnte keine Gemeinde Gottes sein, die sich so verhielt!

Leise weinte Sophia vor sich hin. Luca tröstete sie:

„Mach dir nichts daraus. Das galt nicht dir. Sie wollen nur mich treffen. Ich kenne das schon mein ganzes Leben. Lass dich davon nicht beeindrucken!"

Sophia schluchzte:

„Das ist so gemein! Wie können Menschen so etwas tun?"

„Menschen können noch ganz andere Sachen tun", erklärte Luca. „Es tut mir leid, dass ich dich in meine Außenseiterrolle hineingezogen habe. Vielleicht solltest du dich lieber von mir fernhalten."

„Soweit kommt es noch!", begehrte Sophia auf. „Ich lasse mir doch nicht vorschreiben, wen ich liebe! Ich habe mich für dich entschieden und dabei bleibe ich, und wenn ich mit dir allein durchs Leben gehe!"

Da konnte Luca nichts anderes mehr tun, als sie zu küssen.

Nach reiflicher Überlegung beschlossen die beiden, sich in Violas Porträt zurückzuziehen. Dort konnten sie in Frieden leben und wurden in die Gemeinschaft der anderen Bildbewohner aufgenommen. Alle existierten nur als Geistwesen und keiner versuchte, den anderen zu dominieren. Man lebte ohne physische Berührung, umfing sich aber mit positiven Schwingungen. Vom einen gingen sie aus, der andere empfing sie. Alle liebten sich.

Sophia und Luca gingen in dieser Gemeinschaft auf und blieben sich doch zu zweit verbunden. Ihre Farben als Bestandteil des Bildes vermischten sich und ergaben ein wundervolles Ganzes.

Agnes und Michael

Seit ihrer Hochzeit lebten Agnes und Michael in einem Haus, das sie gemeinsam gekauft hatten. Es hatte vorher lange leer gestanden und war dadurch günstig zu haben gewesen. Es soll von Künstlern bewohnt gewesen sein und war nicht beräumt worden. Übernatürliche Dinge sollen hier vorgefallen sein, aber, so hatte der Makler versichert, das seien alles Ammenmärchen.

Die Ereignisse sollen wohl in einem Zusammenhang mit dem lebensgroßen Porträt im Salon gestanden haben. Es zeigte eine wunderschöne junge Frau zwischen Blumen und Bäumen. Neben ihr stand ein etwa gleichaltriger Mann, der sie liebevoll betrachtete. Sie nahmen das Bild von der Wand. Auf der Rückseite stand:

„Violas Porträt"

Nun forschten sie nach und kamen der Geschichte des Bildes auf die Spur.

Liebespaare sollten es betreten können. Sie probierten es aus. Gemeinsam ließen sie sich von dem Gemälde umfangen, erfuhren seine Atmosphäre, sprachen mit Viola und Georg, spürten das Glück und verließen das Bild wieder.

In der Nacht darauf glaubten sie, fremde Leute in ihrem Haus zu höre. Sie legten sich auf die Lauer und ertappten ein Liebespärchen, das sich in ihrem Salon amüsierte. Sie stellten die Eindringlinge zur Rede und erfuhren, dass sie aus Violas Porträt stammten und ab und zu Ausflüge in die Realität unternahmen. Es gebe andere wie sie und nachts sei das Haus gut bevölkert.

Das gefiel Agnes und Michael nun doch nicht so recht. Sie wollten nicht in einem Geisterhaus wohnen. Das Portal zur Geisterwelt musste geschlossen werden. Sie forschten weiter nach und fanden den Schamanen, der seinerzeit das Bild verzaubert hatte. Sie baten ihn um Rat, wie man den Zauber wieder rückgängig machen könne. Der Schamane dachte lange nach und verkündete dann:

„Dieses Portal kann nur geschlossen werden, indem man es zerstört. Ihr müsst das Bild verbrennen."

„Aber es ist ein so schönes Bild", wandte Agnes ein. „Können wir es nicht einfach verkaufen?"

„Das wäre möglich", gab der Schamane zu. „Aber dann bestünde immer noch eine Verbindung zu euch, da ihr das Bild nun einmal betreten habt. Mit eurem Eintritt in das Bild habt ihr die Geister herausgelockt. Sie werden euch wiederfinden und euch so lange heimsuchen, bis ihr ins Bild zurückkehrt."

„Also gut", resignierte Agnes. „Dann verbrennen wir es."

Sie entzündeten ein Feuer im Garten und verbrannten das Bild. Als die Flammen an der Leinwand züngelten, entwichen die Geister in den Nachthimmel. Wo würden Viola und Georg sich jetzt aufhalten?

„Die Geisterwelt ist groß", erklärte der Schamane. „Sie ist unbegrenzt in Raum und Zeit. Gerade im Fall von Liebespaaren kann man davon ausgehen, dass sie glücklich sind."

Das Porträt war weg, aber seine Spuren blieben.

Die Rauchwolken, die die Geister trugen, waren vom Wind verweht worden. Sie fanden sich überall und nirgends. Und dennoch lebten in ihnen die Geister aus Violas Porträt, nicht körperlich, aber gefühlsmäßig. Man konnte sie rufen und mit ihnen kommunizieren, wenn man wusste, wie man sie erreichen konnte.

Agnes probierte es. Sie flüsterte:

„Wie geht es euch?"

Viola antwortete, wobei sie als Geist nicht akustisch zu hören war, sondern nur telepathisch kommunizierte. Ihre Stimme erklang in Agnes' Kopf:

„Ich bin tot und existiere dennoch. Schmerz und Wohlgefühl empfinde ich nicht, aber ich spüre, wenn es den Menschen gut geht. Dann umwehe ich sie gern."

„Wie schön, dich um uns zu wissen", gab Agnes zurück. „Sei uns jederzeit willkommen!"

Auch Agnes sprach nun nicht mehr mit ihrer Stimme, sondern sendete ihre Gedanken direkt an Viola.

„Ich würde gern noch andere Maler kennenlernen", meinte Agnes.

„Ich werde versuchen, einen ruhelosen Geist für dich zu finden", ließ Viola sich vernehmen. „Van Gogh ist unermüdlich hier unterwegs. Mal sehen, ob ich ihn finde … Ja … Hier ist er."

„Guten Tag! Ich bin Vincent van Gogh", ertönte es in Agnes' Kopf. Ja, er sprach deutsch, hatte es mal gelernt.

„Wahnsinn! Guten Tag, Herr van Gogh. Ich heiße Agnes Müller", textete Agnes in Gedanken. „Freut mich ungemein, Sie zu treffen. Ich habe so viele Fragen an Sie. Darf ich sie stellen?"

„Bitte!"

„Was ich schon immer wissen wollte: Warum haben Sie sich damals das Ohr abgeschnitten?"

„Ach, das war ein Streit mit Gauguin. Er beschwerte sich, dass ich ihm nie richtig zuhören würde, und fragte mich, ob ich ihm nicht endlich auch mal mein Ohr leihen könnte. Das habe ich gemacht und dann war es ihm auch wieder nicht recht."

„Haha. Na okay, das muss ich dann so hinnehmen. Und was halten Sie von unserer heutigen Malerei, insbesondere von dem jetzt zerstörten Porträt von Viola? Haben Sie das überhaupt gesehen?"

„Nichts, was jemals geschehen ist, geht verloren. Raum und Zeit existieren für uns Geister nicht. Ich kann das Porträt immer wahrnehmen und finde es nicht schlecht. Es gibt eine ruhige, liebliche Stimmung wieder. Ich persönlich hätte allerdings mehr Dynamik hineingebracht, meine Leidenschaft hätte das Bild zerwühlt. Aber für einen ausgeglichenen Charakter ist das Bild gut."

„Vielen Dank!", ließ sich jetzt auch Georg vernehmen. „Das bedeutet mir viel."

Noch eine letzte Frage hatte Agnes an Van Gogh:

„Wie sind Sie eigentlich gestorben? Haben Sie sich wirklich erschossen?"

„Nein, das hätte ich nie tun können. Es waren zwei Jungs aus der Nachbarschaft, die leichtfertig mit einem Revolver gespielt hatten. Ein Unfall! Ich nehme es ihnen nicht übel."

„Ein Drama! Was hätten Sie noch für Meisterwerke schaffen können!"

„Nein, das glaube ich nicht. Ich war ausgebrannt, ein Getriebener. Diese Leidenschaft fürs Malen hat mich um den Verstand gebracht. Selbst jetzt noch treibt es mich unstet hin und her. Ich muss weiter! Mit meiner lieben Sien möchte ich auch noch sprechen. Seit ihrem Selbstmord sprechen wir wieder öfter miteinander. Es gibt so viel zu tun …"

Und damit war er verschwunden.

„Salut! Je m'appelle Henri de Toulouse-Lautrec", meldete sich nun ein anderer Geist.

„Hallo, Herr de Toulouse-Lautrec", antwortete Agnes auf Französisch. „Wie geht es Ihnen?"

„Danke, gut. Als Geist bin ich von den tragischen Beschränkungen meines Körpers befreit. Das Materielle vermisse ich nicht. Ich male einfach in den Wind. Die Menschen spüren das und erleben dann kurz einen ungewohnten Blick auf die Welt. Dann ist er wieder vorbei. Der Augenblick ist flüchtig – wie in meinen Bildern. Warum soll er nicht verfliegen? Davon abgesehen leben wir nicht mehr in der Zeit. Die schönen Augenblicke können wir jederzeit wieder aufsuchen."

Nun ließ sich wieder Georg vernehmen: „Kann dann auch Violas Porträt wiedererstehen?"

„Natürlich. Es wird umso präsenter, je mehr Menschen sich in diesen Traum vertiefen."

„Wir hätten es vielleicht nicht verbrennen sollen", ließ Agnes sich wieder vernehmen."

„Das macht gar nichts", beruhigte sie Toulouse-Lautrec. „Georg, bitte malen Sie es wieder und wieder in den Wind! Die Welt wird es Ihnen danken."

„Vielen Dank, Henri! Und Ihnen alles Gute bei dem, was auch immer Sie jetzt vorhaben!"

„Oh, mir geht es gut. Ich bin jetzt wieder mit meiner Suzanne zusammen. Wir lieben uns mehr denn je. Was will man mehr? Dabei fällt mir ein: Ich muss zu ihr."

Und damit verschwand auch dieser Maler wieder.

Georg begann, Violas Porträt in den Wind und auf die Wolken zu malen. Die Menschen sahen nur die Wolken und spürten den Wind, und dennoch: Sie nahmen eine Natur wahr, die noch schöner war als gewöhnlich. Sie wurden von Violas Schönheit verzaubert und erlebten einen wundervollen Tag.

Am nächsten Tag wiederholte Georg das Ganze und danach immer wieder. Geister haben kein Zeitgefühl. Georg konnte das unendlich oft tun.

Violas Porträt war nun immer präsent und verliebte Pärchen konnten es immer aufsuchen, was soviel heißt, dass sie mit dem Wind in die Unendlichkeit reisten.

Helen und Bernhard

Helen und Bernhard fuhren mit dem Auto durch den Drive-Through des Burger-Restaurants in ihrer Nähe. Bernhard wusste, was er wollte und fragte Helen nach ihren Wünschen.

„Einen Cheeseburger mit extra viel Ketchup", antwortete sie.

Als sie dran waren, bestellte Bernhard:

„Einen Cheeseburger mit extra Ketchup und einen Hamburger ohne Gurken, aber mit extra Zwiebeln und extra Mayo. Dazu zwei große Portionen Pommes."

Es war nicht selbstverständlich, dass Bernhard derartige Wünsche äußern durfte. Dieser Burger-Laden erlaubte das, andere nicht. Warum andere das nicht tolerierten, wurde schnell klar:

„Wie bitte?", fragte die nette Bedienung am Schalter und klimperte verständnislos mit den Augen.

Bernhard wiederholte seine Bestellung langsam und deutlich, worauf die Bedienung fragte:

„Die Burger einzeln oder als Menü?"

„Einzeln", gab Bernhard bereitwillig Auskunft.

„Also: ein Cheeseburger und einen Hamburger. Den Hamburger mit Käse?"

„Nein, ohne Käse, ohne Gurken, aber mit extra Zwiebeln und extra Mayo", erklärte Bernhard geduldig.

„Augenblick!", ließ sich die Angestellte vernehmen, drehte sich um und sagte zu einem vom Fenster nicht sichtbaren Mitarbeiter:
„Einen Cheeseburger und einen Hamburger ohne Käse, ohne Gurken, mit extra Zwiebeln und extra Mayo."

„Was, ein Cheeseburger ohne Käse?", fragte der unsichtbare Mitarbeiter.

„Augenblick, ich frage nach", flötete die Bedienung, worauf sie Bernhard fragte:

„Den Cheeseburger ohne Käse?"

Bernhard erläuterte sie Sachlage:

„Nein, den Cheeseburger mit Käse, aber den Hamburger ohne Käse. Außerdem den Hamburger ohne Gurken, aber mit extra Zwiebeln und extra Mayo. Den Cheeseburger mit extra Ketchup."

Die Bedienung schluckte schwer, dann verschwand sie nach hinten, um die Angelegenheit mit dem unsichtbaren Mitarbeiter zu besprechen.

Als sie zurückkehrte, nannte sie nur noch den fälligen Betrag und kassierte ab.

Zu Hause packten Helen und Bernhard das Paket aus und fanden darin alles, was sie bestellt hatten, nur war der Cheeseburger ohne Ketchup, dafür mit extra Zwiebeln und extra Mayo und der Hamburger mit extra Gurken.

Die beiden waren nicht kleinlich und verspachtelten alles am Esstisch. Dabei tropfte etliches von dem Ketchup und der Mayonnaise daneben. Das ließ sich kaum vermeiden und deshalb bekam man ja auch jede Menge Servietten dazu.

Am Ende sah Bernhard sich die Bescherung an und seufzte:

„Bei uns sieht es ja aus wie in einem Saustall."

„Ja, und den Tisch haben wir auch noch bekleckert", gab Helen lachend zurück.

Ganz so schlimm sah es dann doch nicht aus. Während sie aufräumten, mampften sie noch ein paar Schokoküsse. Das ging so zwischendurch.

Sie nannten sie Schokoküsse, obwohl sie in ihrer Jugend noch anders geheißen hatten. Der Name begann mit dem N-Wort, das inzwischen als verpönt galt, weil es von manchen als Schimpfwort gebraucht worden war. In ihrer Jugend galt es in ihrer Umgebung nicht als Schimpfwort und ihre Eltern hatten ihnen eine nette Erklärung des ursprünglichen Wortes für Schokoküsse präsentiert, die sogar eine gewisse Moral beinhaltete, irgendwas davon, dass man vom Äußeren nicht auf das Innere schließen dürfe.

Aber gut, sie wollten keinen Anlass zu Ärger liefern, hatten sich angepasst, die

Dinger fortan Schokoküsse genannt und sich daran gewöhnt. Immerhin hießen sie noch Küsse. Wer weiß, wie lange noch? Vielleicht würde auch dieses Wort bald verbannt werden, vielleicht würde es als sexuell übergriffig gelten ...

Darüber dachten sie jetzt nicht weiter nach und aßen weiter ihre Schokoküsse. Helen begann immer mit dem Waffelboden, der am wenigsten verlockend war, und hob sich das leckere Oberteil für den Schluss auf. Bernhard dagegen biss immer gleich oben in den Schokokuss. Das war das Beste, das Gefühl, wenn die Schokolade leicht knackte und man in das fluffige Innere biss.

Da trafen zwei Philosophien aufeinander: die der Jugend, wo man das ganze Leben noch vor sich hat, eine schöne Zukunft plant und dafür das Gute aufspart und auf der anderen Seite die des Alters, wo man nicht weiß, wieviel Zeit man noch hat, das Beste noch mitnehmen will und genießt was man nur kann und so schnell man nur kann. Also eine Frage des Alters? Tatsächlich war Bernhard älter als Helen, aber nicht so viel, dass es einen Unterschied in der Lebenseinstellung begründet hätte. Vielmehr schien sich hier die weibliche Bestrebung zu äußern, mit den Dingen hauszuhalten und zu sparen, und dem entgegengesetzt die männliche Verhaltensweise, eine Situation zu genießen, wenn sich die Chance bot.

Vielleicht war es aber auch nur Zufall.

Danach gönnten sie sich Torte zum Nachtisch. Zuerst jeder ein Stück.

„Solltest du nicht an deine Gesundheit und deine Figur denken?", fragte Helen, als Bernhard noch ein weiteres Stück Torte in sich hineinstopfte.

„Ich sehe nur deshalb so aus, wie ich aussehe, weil ich mir nicht dauernd Gedanken um meine Gesundheit mache", erwiderte Bernhard. „Das alles, was ich darstelle, will ich doch nicht riskieren, indem ich weniger esse. Es gilt, das bisher Erworbene zu bewahren und auszubauen."

Mit diesen Worten strich er sich genüsslich über die gewaltige Kugel seines Bauches. Man sah, dass es ihm schmeckte.

Dann war ihm nach Süßholzraspeln.

„Weißt du eigentlich, dass ich immer noch Schmetterlinge im Bauch habe, wenn ich dich ansehe?", säuselte Bernhard seine Helen an.

„Schmetterlinge? Du musst aber auch jeden Mist essen", erwiderte diese.

Da sie ihm aber doch etwas Gutes tun wollte, bot Helen Bernhard an:

„Wir haben noch Eis. Hast du Lust darauf?"

„Klar. Das geht immer noch. Es löst sich doch beim Essen in Luft auf. Nur her damit!"

Helen brachte es ihm. Im Nu hatte er es inhaliert.

„Ist noch mehr da?", fragte er.

„Eis nicht mehr, aber ich könnte dir noch Schokolade bieten."

„Super! Nehme ich gerne."

„Welche Sorte?"

„Die mit Nugat gefüllte."

„Hier hast du sie. Aber nicht alles auf einmal essen, bitte! Hörst du? Sonst nimmst du nie ab."

Bernhard erwiderte:

„Warum sollte ich abnehmen? Immer, wenn ich abnehme, wird irgendwo ein Einhorn geboren."

„Das wäre doch nicht so schlimm. Abgesehen davon gibt es keine Einhörner", wandte Helen ein. „Es gab nie welche und es wird nie welche geben."

„Da siehst du es! Das ist mein Schicksal: Ich habe nie abgenommen und werde nie abnehmen", resümierte Bernhard.

Helen lachte wie über einen guten Witz. Auch sie war weit von ihrer Traumfigur entfernt, aber immerhin bemühte sie sich, eine Art von Diät zu halten, was ihr jedoch nicht so recht gelang. Dass sie beide Gewichtsprobleme hatten, verband sie eng miteinander. So hatten sie sich kennen und lieben gelernt.

Das Lachen sollte ihnen noch vergehen. Bernhards Cholesterinwerte waren viel zu hoch, ganz zu schweigen von dem Blutdruck. Ohne dass er es gemerkt hätte, war es zu einer Arteriosklerose gekommen.

Nur wenige Wochen später erlitt er einen Herzinfarkt. Er überlebte ihn knapp, musste aber seine Lebensgewohnheiten grundlegend umstellen. Jetzt begann auch für ihn der Kampf um die Pfunde, ein aussichtsloser Kampf, den er nicht gewinnen konnte.

Als ob das tägliche Leben nicht schwierig genug geworden wäre! In der letzten Zeit geriet Bernhard schon bei der kleinsten körperlichen Anstrengung in Atemnot. Auch die Gelenke waren durch sein Gewicht überbeansprucht und spielten nicht mehr richtig mit. Wie sollte er da dem Rat des Arztes folgen, sich mehr zu bewegen?! Das würde nie etwas werden!

Helen litt unter ähnlichen Problemen.

Sie klagten sich gegenseitig ihr Leid:

„Oh je, was sollen wir nur tun? Wir sind in einer ausweglosen Situation", meinte Bernhard zu Helen. „Das schaffen wir nie. Da können wir uns ja gleich wegschmeißen! Weißt du Rat?"

„Ich wüsste da was", behauptete Helen.

Und sie erzählte:

Es gäbe ja dieses sagenhafte Bild, das allen Liebenden Zuflucht bot. Viele hätten es ausprobiert und davon berichtet. Angeblich sei das Original zerstört worden, aber im Internet existiere es immer noch. Wer den nötigen Draht dazu habe, könne es sogar ohne jegliche Hilfsmittel im Universum erleben. Auch in ihrem Fall könne sich Violas Porträt als die Rettung in der Not erweisen.

Sie riefen es im Internet auf und flohen in das Bild. Alles klappte. Tatsächlich ging es ihnen augenblicklich richtig gut. Als Geistwesen schwebten sie schwerelos durch die Luft, leicht und beweglich. Wie schön, sich so frei bewegen zu können. Das hatten sie vermisst! Ihre Astralleiber empfanden keinen Hunger mehr und dennoch konnten sie essen, soviel sie wollten, nur so aus Spaß. Ihre Geschmacksnerven funktionierten auf wundersame Weise immer noch und bescherten ihnen ungeahnte Wonnen, da sie sich wünschen konnten, was sie wollten, und das Gemälde malte es in die Luft. Sie konnten sich ihre Leckereien sogar selbst malen und sich den Geschmack dazu ausdenken. Es gab nichts, was es nicht gab.

Sie kehrten nicht in die normale Welt zurück. Als Geistwesen kannten sie auch keine körperlichen Beschwerden mehr. Sie würden so weiterexistieren, bis sie genug hätten.

Franziska und Sebastian

Franziska und Sebastian waren schon seit längerer Zeit ein Paar. Kinder konnten sie nicht bekommen und fühlten sich deshalb manchmal leer. Die Leere versuchten sie durch gemeinsame Erlebnisse zu füllen. So verreisten sie viel. Diesmal sollten es die Kreidefelsen auf Rügen sein. Sie wollten zwei Bilder von Caspar David Friedrich miteinander kombinieren: die „Kreidefelsen auf Rügen" und „Zwei Männer in Betrachtung des Mondes", wozu es auch eine für sie zutreffendere Neufassung gibt, nämlich „Mann und Frau, den Mond betrachtend". Dazu wollten sie die Kreidefelsen in einer klaren Mondnacht aufsuchen und sich von der Atmosphäre verzaubern lassen.

Tatsächlich gelang es ihnen, die Situation so zu realisieren, wie sie es sich vorgestellt hatten. Sie waren keine Maler und konnten daher das romantische Bild und

die Stimmung nur in ihr Gedächtnis aufnehmen. Versunken standen sie im friedli-
chen Vollmondlicht.

Die Kreidefelsen glänzten silbrig in der
schwachen Beleuchtung, die Natur um sie
herum blieb dunkel mit nur zarten Andeu-
tungen von gedeckten Farben. Der Blick
ging ungehindert in die Ferne umrandet
von den Felsen und Bäumen. Alles schien
unwirklich und doch vertraut wie eine Erinnerung an die Kindheit. Alte Gebete aus
dieser Zeit fielen ihnen ein.

„Wir sind hier in diesem herrlichen
Moment und doch wissen wir, dass er ver-
gänglich ist", philosophierte Sebastian.

„Immerhin weckt der Augenblick in uns
Gefühle, die unsterblich sind", gab Franziska zu bedenken. „Auch wenn wir keine
erklärten Gläubigen sind, spüren wir doch
in diesem Moment die göttliche Präsenz."

„Ja", stimmte Sebastian zu. „Der Glaube
besteht nicht in dem Bekenntnis zu vorge-
gebenen Dogmen, sondern ist etwas, was
wir intuitiv erfahren, so wie in diesem Augenblick."

„Könnten wir nicht in diesem Augenblick bleiben? Es gibt doch dieses Bild von Viola, das Menschen in sich aufnimmt und sich ihnen anpasst. Kann es nicht auch uns aufnehmen?"

Sebastian küsste sie und gab ihr recht:

„Wenn wir nur fest genug daran glauben, kann es geschehen."

Kaum hatten sie diesen Wunsch ausgesprochen, da begann ihre Umgebung zu verschwimmen und noch schöner zu werden. Hatten sie eben noch als Repoussoir des romantischen Gemäldes für einen imaginären Betrachter gedient, so traten sie nun aus sich heraus und sahen sich selbst vor der malerischen Kulisse. Sie hielten sich an den Händen gefasst und schienen zu schweben. War dies noch die Wirklichkeit oder befanden sie sich nun in dem ersehnten Bild?

Das Bild wurde noch schöner. Die Realität wurde idealisiert. Sie glaubten zu träumen, waren in verschiedenen Perspektiven zu Gast: mal in sich, mal neben sich, mal hinter sich. Sie verloren sich in der Szene.

„Es gibt einen Gott!", stieß Franziska atemlos hervor.

„Ganz offensichtlich", bestätigte Sebastian. „Nur können wir Sterbliche uns nicht anmaßen, ihn zu beschreiben. Wir können ihn nur erfahren, aber nichts über ihn wissen."

Sie umarmten sich und blieben eine Weile so stehen. Das Bild wandelte sich langsam. Die Felsen verschwanden in einem Dunst, an ihre Stelle trat ein dichter Wald mit einem Weg, dem sie folgten, bis er sie zu einer kleinen Hütte führte. Sie klopften und traten ein. Die Hütte war leer und lud zum Verweilen ein. Im Kamin entzündete sich von selbst ein Feuer und zum Knacken der Scheite setzten sie sich an einen gedeckten Tisch, der plötzlich wie aus dem Nichts erschienen war, und ließen es sich schmecken. Offenbar hatte die Hütte nur auf sie gewartet.

Dann wurde es wieder hell und, als sie die Hütte verließen, standen sie in jenem Botanischen Garten, wo Georg Viola gemalt hatte. Die beiden standen dort und begrüßten sie. In ihren Köpfen ertönte Georgs Stimme:

„Seid willkommen, Liebende, in unserem Refugium der Liebe!"

„Danke", antwortete Sebastian telepathisch. „Wer seid ihr?"

Georg erzählte ihnen die ganze Geschichte des Bildes.

Franziska und Sebastian stellten sich zu Viola und Georg. Für eine Zeitlang sahen sie zu viert aus dem Bild auf die Betrachter aus aller Welt, die sie wiederum auch betrachten konnten.

Dann beschlossen Franziska und Sebastian, wieder in die reale Welt zurückzukehren. Sie vermissten hier die Schwierigkeiten, die das normale Leben ihnen in den Weg stellte, und deren Überwindung ihnen eine gewisse Genugtuung verschaffte.

Das Bild würden sie sicher vermissen, aber der Weg in das Bild stand ihnen ja jederzeit offen, wie sich gezeigt hatte.

Sie nahmen die Erinnerung und das gewonnene Gottvertrauen mit hinüber in den Alltag, lebten dort und kehrten von Zeit zu Zeit in das Bild zurück.

Amalia und Leonhard

„Ich liebe dich", hauchte Leonhard seiner Amalia ins Ohr. Er meinte es ernst und hatte doch das Gefühl, dass diese einfachen Worte nicht annähernd all das ausdrückten, was er für sie empfand. Sein Herz drohte zu zerspringen vor Glück. Wenn er das doch irgendwie seiner geliebten Amalia noch deutlicher mitteilen könnte. Aber Worte reichten nicht aus.

Amalia und Leonhard verlebten ihren ersten gemeinsamen Urlaub. Sie waren aufs Land gefahren und zu einer Wanderung aufgebrochen. Jetzt genossen sie den weiten Blick über Felder, Wälder und Hügel. Bis zum Horizont konnten sie sehen. Darüber wölbte sich ein makelloser blauer Himmel.

Eine Weile standen sie da und genossen den Ausblick. Da entstand vor ihren Augen in der Luft ein wundervolles Bild. Es stellte ein junges Paar in einem Blumenmeer dar.

Hingerissen betrachteten sie das Porträt, das fast den ganzen Himmel bedeckte.

Es war Violas Porträt, das sich dort im Wind manifestierte. Das Bild malte sich wie von selbst in den Himmel und erweiterte sich immer weiter. Georg, der hinter Viola stand, schien sich im Wind zu bewegen. Er flüsterte mit dem Wind:

„Ich liebe dich, meine Blütenfee!"

Viola säuselte zurück:

„Ich liebe dich auch."

Mehr und mehr Liebespaare, die ins Bild eingetreten waren, erschienen mit der Zeit in der Luft und alle erklärten sich ihre Liebe.

Amalia und Leonhard erlebten diese Liebeserklärungen mit und wurden von einer großen Sehnsucht ergriffen, selbst auch in das Bild einzutauchen. Sie sahen sich an, nahmen sich bei den Händen und reckten sich nach oben. Das Bild nahm sie auf.

Sie flogen mit den Wolken dahin und jauchzten vor Freude, während sie sich umarmten.

Jetzt – mit dem Hauch des Windes – konnte Leonhard seiner Amalia endlich vermitteln, was er empfand. Es geschah mittels einer Art von Telepathie zwischen ihnen als zwei Geistwesen in einer Zwischenwelt.

Welches Glück …

Sie tauchten ein in ein Blütenmeer und Amalia rief:

„Seid gegrüßt, meine lieben Blumen, Ihr Rosen, Tulpen, Veilchen, Orchideen … Wie schön ihr alle blüht – nur um die Bienen anzulocken und uns zu erfreuen! Ja, wir freuen uns über euch. Blüht nur immer weiter!"

Und Leonhard ergänzte:

„Euer Blühen, liebe Blumen, lässt auch unsere Liebe blühen. Habt vielen Dank dafür!"

Zu Amalia meinte er:

„So schön blüht uns der Flieder,

erfreut uns immer wieder.

Er schenkt uns seinen Duft,

verbreitet in der Luft

uns streichelt sanft der Hauch,

wir danken Venus auch."

„Wieso Venus?", wollte Amalia wissen.

„Weil Venus die Göttin der Liebe ist und in ihrer Güte unser Glück erst ermöglicht hat."

„Das hast du schön gesagt", stimmte Amalia ihm zu.

Nichts kann so schön sein wie die Natur. Das ist das Problem der naturalistischen Maler. Aber wenn wir sehen, wie der Pinselstrich des Malers die Natur wiedergibt und dabei das Wesentliche trifft, so ist das Betrachten des Bildes ein Blick hinter die Natur, ein Blick auf die Idee der Natur. Man möchte rufen:

„Ja, das ist es!"

Genauso ging es Amalia und Leonhard in diesem Augenblick. Und es war noch mehr als ein perfektes Bild: Sie konnten die Blumen sogar riechen! Glücklich umarmten sie sich und Leonhard flüsterte seiner Amalia ins Ohr:

„Ich liebe dich."

Und sie flüsterte zurück:

„Ich liebe dich auch."

Leonhard fühlte sich wie eine Kugel, die in eine wunderschöne Öffnung fällt, und schon war er eine rote Kugel und Amalia eine gelbe Platte mit einer Öffnung. Das Bild wurde abstrakt und dennoch fühlten sie sich wohl darin. Andere machten mit. Es wurde eine Orgie von Farben und Formen, die wild durcheinander tanzten.

Dann zerstreute der Wind das Bild wieder, die Farben vermischten sich zu einer chaotischen Symphonie. Alle umarmten sich, verschmolzen zu einer Einheit und dann lösten die Farben sich auf …

Amalia und Leonhard standen wieder da, wo sie vorher gestanden hatten, nur jetzt in einer innigen Umarmung.

Und dennoch war etwas mit ihnen geschehen. Ihre Liebe hatte eine Tiefe erreicht, die sie vorher nicht gekannt hatten. Sie küssten sich und kehrten nach Hause zurück. Das Bild hatte ihnen so viel gegeben, dass sie lange brauchen würden, um es zu verarbeiten.

Sie schwelgten in Erinnerungen an dieses Erlebnis. So traten sie eines Tages wieder in das Bild über, diesmal am PC, und blieben in dieser anderen Welt. Dies war die Welt, in der sie leben wollten und zu der sie gehörten. Jene Zwischenwelt wurde ihre Welt. Gegenwart, Vergangenheit und Zukunft verschmolzen miteinander: Sie kommunizierten mit ihren verstorbenen Eltern und früheren Vorfahren genauso wie mit ihren zukünftigen Nachfolgern.

Ihre Körper hatten sich aufgelöst und sie schwebten als Farbwesen durch Raum und Zeit.

Irgendwann kehrte Ruhe ein. Sie gaben sich ihren Gedanken hin – jeder für sich. Alte Tage kehrten zurück. Leonhard roch die Luft von damals: Natur, Gras, Feuchtigkeit, Nebel, ein Hauch von Rauch. Er fühlte sich in seine Kindheit zurückversetzt, allein in der fremden Welt. Das Bild um ihn passte sich an. Es war die blaue Stunde. Langsam verschluckte die Dämmerung die Welt um ihn herum. Es hatte geregnet, die nasse Erde dampfte.

Da stand er nun allein, fern von zu Hause. Er wollte nach Hause zurückkehren, in die helle warme Stube, aber der Weg war ungewiss. Der Wind wehte leicht und er fröstelte. Tief hatte er sich in seinen Gedanken verloren und kam langsam zu sich. Er hob den Blick und sah Amalia an. Ganz verträumt blickte sie. Auch sie schien in die Vergangenheit zurückgekehrt zu sein. War die seine auch die ihre? Nein, sie hatte ihn in seine Vergangenheit begleitet, gab ihm jetzt Halt und Trost.

Dann begleitete er Amalia in ihre Vergangenheit, spielte mit ihr zusammen mit ihren Puppen. Sie öffneten sich gegenseitig. Es wurde zu ihrem gemeinsamen Leben.

Schließlich verloren sie auch ihr individuelles Zeitgefühl und gingen ein in die Ewigkeit.

Die meisten von denen, die ins Bild gegangen waren, kehrten ab und zu in die reale Welt zurück, waren aber bald davon enttäuscht. Viola und Georg konnten das nicht, da Viola in der realen Welt gestorben war. Aber ihr Geist im Bild existierte und war glücklich. Dieser Zustand, in dem sie sich befand, glich am ehesten dem, wie man sich das buddhistischen Nirvana vorstellt, ein Losgelöst-Sein von allem Irdischen. Die Menschen im Bild nahmen die Zeit nicht mehr wahr. Sie spürten nur Liebe und Glück.

Das Bild hatte sich von der Materie gelöst und existierte völlig frei von allen Beschränkungen. Es würde noch existieren, wenn das Universum vergangen sein würde und mit ihm die Zeit. Dann würde es Teil werden von jenem großen Ganzen, in das wir nach unserem Tod eingehen und von dem wir nichts wissen können, weil wir es nicht verstehen können.

Bis dahin würde es sich immer wieder im Wind formieren und im Wind verwehen. Viele Menschen würden es noch aufsuchen und vielen würde es Glück bringen.

Viola lebte nicht und sie war nicht tot. Sie existierte als eine Gestalt des Bildes, für immer dort mit Georg zusammen.

„Eigentlich ist die Ewigkeit in einem Bild doch recht amüsant, nicht wahr?", fragte Georg scherzend seine Frau telepathisch. „Besonders optisch wird einem einiges geboten."

Damit wies er mit ausladender Gebärde auf eine Südseelandschaft, die Gauguin gerade herbeigezaubert hatte. Sie hatten ihn kennengelernt und gemeinsame Kunstwerke erschaffen.

Nun konnten sie sich am Palmenstrand räkeln, im Meer baden und mit den Eingeborenen plaudern.

Viola meinte jedoch:

„Mich faszinieren vor allem die Schicksale der Menschen, die zu uns kommen. Wir sehen von hier aus mehr von der Welt, als wenn wir in ihr wären."

„Ja, ich möchte dieses Bild nicht mehr verlassen", stimmte Georg zu. „Es bringt die besten Seiten in uns zutage. Im Rahmen eines Bildes benehmen wir uns besser als ungerahmt. Max Frisch hat darauf hingewiesen, dass es der Rahmen ist, der ein Kunstwerk zu einem Kunstwerk macht."

„Es muss ja nicht ein materieller Rahmen sein, vielmehr geht es um die Entscheidung, das Bild aus dem Alltag herauszuheben. Das kann man von unserem Bild wohl sagen."

„Aber das Beste ist, dass wir uns aus dem Geschehen ausklinken und die Zeit verlassen können."

„Dann sollten wir das wieder tun", bestätigte Viola, und sie schickten sich an ihre

ursprünglichen Positionen wieder einzunehmen, als Georg noch etwas wissen wollte:

„Du weißt aber schon, dass wir diese
unsere Existenz als Geistwesen jederzeit
beenden können, wenn wir wollen, und
dann jenem Schicksal entgegengehen, das
die Schöpfung für uns Menschen vorgese-
hen hat und das wir mangels irgendwel-
chen Wissens als ‚Tod' bezeichnen."

„Ja, das weiß ich, aber ich möchte gern
noch diesen Teil der Ewigkeit, der uns hier
geschenkt ist, ein wenig länger auskosten."

„Wir sollten gemeinsam damit fortfah-
ren!"

Sie befanden sich nun wieder auf Positi-
on. Gemeinsam schauten sie lächelnd aus
dem Bild auf die Welt und gefroren wieder
zu jenen statischen Figuren, die die Menschen sahen, wenn sie das Bild betrachteten.